125
ライブラリー
001

改革派詩人が見た
フランス宗教戦争

アグリッパ・ドービニェの生涯と詩作

高橋 薫
Kaoru Takahashi

中央大学出版部

目次

第1章 フランス16世紀, この特異な時代 … 001
第1節 フランス16世紀政治史
── 聖バルテルミーの虐殺まで … 003
第2節 聖バルテルミーの虐殺 … 009
第3節 フランス16世紀──聖バルテルミー以後 … 016

第2章 アグリッパ・ドービニェ, その数奇な生涯(青年期まで) … 029
第1節 子と父 … 030
第2節 忘れられたひとびと … 045

第3章 『春』, この鬱屈した詩集 … 055
第1節 ディアーヌとドービニェ, ロンサール, 百篇のソネ … 057
第2節 『春』, その詩篇の特徴
── 変わらぬ心と定めない心 … 065

第4章 『悲愴曲』までの道のり … 081
第1節 『ジョデル追悼詩集』 … 082
第2節 『キルケーのバレー』 … 088
第3節 ネラックの宮廷, スタンス集, オード集 … 100

第5章 『悲愴曲』とその異本文 …………… 109

- 第1節 『悲愴曲』の成立過程 ………… 111
- 第2節 『悲愴曲』の梗概 ………… 114
- 第3節 異本文と史実の反映 ………… 131
- 第4節 個人史から ………… 135
- 第5節 晩年が告げるもの ………… 144
- 第6節 他の著述から——政治論との対照 ………… 149

まとめとあとがき ………… 157
参考文献 ………… 161

第 1 章

フランス16世紀，この特異な時代

「西欧16世紀」という時代区分で何を思い出されるだろう。1492年のコロンブスによる新大陸の発見に直続する世紀だ。スペイン，ポルトガル，イギリスがわれがちに植民地を求めて大航海に乗り出した時代であることは，よくご存じだろう。個々の人物でいえば，マルチン・ルター（1483-1546）についてはお聞き覚えの方も多かろう。ローマ・カトリック教会が発行した免罪符を攻撃して，1517年に95カ条の命題を発表したプロテスタント教会の先駆者たるドイツ人，16世紀を代表するドイツ人だ。ウィリアム・シェークスピア（1564-1616）と，彼が仕えたエリザベス1世（1533-1603，在位1558-1603）についても注意を喚起する必要はあるまい。「ロミオとジュリエット」の劇作者，スペインの無敵艦隊を破った処女女王。二人とも英国人だ。イタリアの16世紀はどうだろう。文学でこそ13世紀や14世紀に席次を譲るが，レオナルド・ダ・ヴィンチ（1542-1519）がフランスの地で客死したのは16世紀の初頭，ミケランジェロ（1465-1564）がローマで歿したのは1564年，16世紀のまっただ中である。スペイン語で「ドン・キホーテ」前篇が書かれたのは1605年，後篇は1615年，作者のセルバンテスは1547年に生まれ1616年，後篇の擱筆を待ってこの世を去った。──これら西欧諸国のビッグ・ネイムに比べると，フランスの16世紀はいかにも色あせて見える。有名なのはミシェル・ド・モンテーニュ（1533-1592）だが，日本語の「エッセイ（随筆）」という名詞は頻繁に用いても，その言葉の起源となった『エセー』が何たるか知っているひとはどれほどいるだろう。あるいはフランソワ・ラブレー（1594？-1553？）の『ガルガンチュワとパンタグリュエル物語』の漢語混じりの日本語（渡辺一夫訳）を最後まで読みとおしたひとは，いくら文学好きで

も，それほど多くはないだろう（最近，宮下志朗氏によるラブレーとモンテーニュの新訳が上梓された。ずっと読みやすくなっているので一読をお勧めする）。だがそうした人物の有名無名は別として，「フランス16世紀」は歴史家ならぬ筆者のような人間にも面白い時代なのだ。これからこの世紀の後半生をまるまる生き抜いたアグリッパ・ドービニェという一介のプロテスタント（ローマ・カトリック教会の教義に対立する教えを奉ずるキリスト教信徒の総称。フランスの主たるプロテスタント教会にはルター派とカルヴァン派があった）軍人にしてバロック詩人（バロックとはルネサンス時代の美学に反動するものとして誕生した芸術様式で，ルネサンス古典主義が均整と調和で表されるとすれば，動的で自由な展開が特徴）の眼を通して，どこが面白いのかお話しさせていただきたいと思う。

第1節 フランス16世紀政治史
――聖バルテルミーの虐殺まで

「フランス16世紀」と一言でいったとしても，それは1501年から1600年の百年間を意味するものではない。それはちょうど日本を「20世紀」という枠でくぎっても意味がないのと同様だ。1901年に近い大事件といえば，日露戦争は1904年に始まった。日清戦争だったら1894年に始まる。もっと大きな変革は1867年の明治維新だろうが，さすがに「20世紀」をそこまでさかのぼらせる歴史家はいないだろう。20世紀の最後にあたる2000年にはどのような事件が起きたろうか。「2000年」という機械的な区分より，昭和の終わりと平成の始まりである1989年とか，55年

体制以後,自民党が(ほぼ)初めて下野した2009年が目安となりやすいのではないだろうか。「日本の20世紀」というより「近代日本」とか,「戦後日本」,「現代日本」という命名の方が多いのはそのせいだろう。

　フランスの16世紀も同様で,少なからぬ研究者がフランソワ1世が統治を開始した1515年から内乱に一応のピリオドを打ったナントの勅令(1598年)までを16世紀としてまとめている。また歴史家によってはシャルル8世が統治を始めた1483年から1598年までを含めて16世紀扱いしていたりもする。筆者の考えはこれらとは少しく異なり,時の国王ルイ11世(在位1461-1483)と戦火を交えていた大封建領主ブルゴーニュ公シャルル・ル・テメレール(ル・テメレールというのはこのシャルルに与えられたあだなで「豪胆公」とも訳される)が戦死し,公国がフランス領に組み込まれた1477年か,ルイ11世の息子シャルル8世がナポリ王国の継承権を主張してイタリアに遠征し,高度なイタリア文化に接した第1次イタリア戦役の発端である1494年を嚆矢としてもよいと思っている。また16世紀の終わりを刻むのが新旧キリスト教の和解を果たした国王アンリ4世が,まるで己の役目を果たしたかのように,熱狂的な強硬カトリック教徒ラヴァイヤックの凶刃に暗殺された1610年であってはなぜいけないか,または王権に最後まで抵抗したプロテスタントの牙城,ラ・ロシェルが国王ルイ13世の圧倒的な攻囲軍の前に陥落した1628年であってはなぜいけないのか,判断がつきかねる。1477年にしても1494年にしても,1610年にしても1628年にしても,いずれも機械的な1501年とか1600年とかよりも,エポック・メイキングな年であることは間違いないからだ。ただフランスには大きな枠組みとして

「中世」、「アンシアン・レジーム期（中世を脱してからフランス大革命にいたるまでのほぼ300年間）」、「大革命期」等々の区分はあるものの、アンシアン・レジーム期にかんしてはこれをより細分化する言葉がない。「近世初期」という下位区分はあるもののこれはおよそ1650年までを指すもので（学者によって区切りの年代の違いがあるのは「16世紀」と同じだ）筆者の関心領域とはややずれている。これは筆者のわがままではなく、フランス本国でも、初めと終わりに意見の対立があるものの、これまで述べたような時代区分をさて措いて「16世紀」とか「16世紀研究」という名称が近代以降使用されているのだ。

　さらにいえば、フランスのどの百年紀をとってもそうだろうが、16世紀もまたさまざまな出来事で飾られている。1515年、「国民の父」ルイ12世は若き後妻との間に男子継承者をもうけようと努力しすぎて衰弱死し、それに代わってフランス・ルネサンスの先導者、「学問の父」フランソワ1世が即位した（在位1547年まで）。フランソワ1世は当初プロテスタント思想のよき理解者であり、保守的なガリカン教会（フランス・カトリック教会のこと）や高等法院と対立していた。1525年、フランソワはイタリアのパヴィアでの神聖ローマ帝国皇帝カール5世（1500-1558。スペイン王〔在位1516-1556〕にして神聖ローマ皇帝〔在位1519-1956〕）との会戦で敗れ、1529年までスペインの城に虜囚として囚われていた。フランソワが囚われていた間をよいことに、パリ高等法院（日本でいう最高裁判所）評定官（判事）で福音主義の洗礼を受けていたルイ・ド・ベルカンは、「いとキリスト教の信仰篤き」フランス国内でおそらく最初の異端の大殉教者として火刑台にのぼらされた（「いとキリスト教の信仰篤き」というのはローマ・カトリック教会がフラン

スやフランス国王に授けた称号)。保守的なソルボンヌ神学部の検閲を受け，その逆鱗に触れて火刑台の露と消えた有名人といえば，古典語学者で詩人，出版業者のエチエンヌ・ドレも福音主義思想の殉教者といえるかもしれない（1546年刑死）。ドレは1533年から翌年にかけて燃え上がったトゥルーズ大学の学生たちによる大規模な当局批判の先頭に立ち，二度にわたり逮捕された。釈放後ユマニストの友人たちの援助を受けてリヨンで出版業を起こしたものの，血気盛んなひとだったらしく，決闘で相手を殺害し，パリに逃亡，時の国王フランソワ1世の恩赦にあずかった。当局の厳しい監視のもと，禁書を所持していた咎で逮捕，恩赦，再逮捕と激動の運命をたどったのち，パリのモーベール広場で刑死したのだった。そしてこのふたつの年の間にはいわゆる「檄文事件」がある。これは1534年10月，スイスに亡命していたフランス人プロテスタントたちが，反カトリック教の檄文を各地に，果ては宮殿の国王の寝所の扉にまで侵入して貼った事件で，それまで姉マルグリット・ド・ナヴァール（1492-1549）の影響を受けプロテスタントに好意的であったフランソワ1世が，これを契機にプロテスタント弾圧に政策を転換したことで知られる。

　フランソワ1世のあとを継いだアンリ2世（在位1547-1559）の治世にも，画期的な年代があった。歿する直前にスペイン国王フェリペ2世と結んだカトー・カンブレジの和約によって，西仏戦争に終止符を打ち，対外戦争に注がれていた力を国内の改革派弾圧に向けることになった1559年。また文化分野ではプレイヤード派の旗手ジョワシャン・デュ・ベレー（1522-1560）が『フランス語の擁護と顕揚』を新文学宣言として世に問うた1549年，およびこの派の首領，フランス詩史に燦然と輝く天才詩人ピエー

ル・ド・ロンサール（1524-1585）が『オード集』をもってその実践を示した1550年も忘れられない。政治史的にはほとんど何の意味ももたない1549年と1550年は文化国家フランスを考えるなら忘れることができない年である。1552年に第2代ギーズ公フランソワ（1519-1563）はアンリ2世の宿敵カール5世が厳重に攻囲する要地メッスを防衛し、一躍フランスの英雄となった。この年をギーズ＝ロレーヌ家のフランス政治に影響を及ぼし始めた時期と考え、将来のヴァロワ王家との対峙の発端と見なすこともできる。やがてギーズ＝ロレーヌ家はヴァロワ王朝に代わるべき王権の継承者として民衆の人気を集めることになるだろう。

　アンリ2世が槍試合の事故で歿し、フランソワ2世がギーズ＝ロレーヌ家の影響下で政権運営に乗り出した1559年も、記憶さるべき年であろう。ギーズ＝ロレーヌ家は直接的に、また姪にあたるスコットランドの主権者にしてフランソワの妻であるメアリ・スチュアート（悲劇の王妃として、エリザベスとの確執は有名だ）を介して間接的に、新国王に影響を及ぼした。フランソワが即位したのは7月であったが、その後1年も経たぬうちに、アンボワーズ騒擾（そうじょう）事件（または「アンボワーズの陰謀」）が起きた（1560年3月）。新王の対プロテスタント弾圧政策はその側近が唆（そそのか）したものと判断したプロテスタント貴族ラ・ルノーディが中心となって、アンボワーズ城に滞在していたフランソワを「救出」し（もちろんギーズ＝ロレーヌ家の主張では「誘拐」）、側近の力が及ばぬところで「自由な」判断を下させ、したがってプロテスタントに寛容な政策をとらせようとの目的をもつ目論見は、あまりにも杜撰（ずさん）な実行部隊の計画ゆえに、事前にギーズ＝ロレーヌ家の知るところとなり、大量の逮捕者と大量の処刑者を出した。これがアンボワー

ズ騒擾事件であり，幼いアグリッパ・ドービニェにその父が「ハンニバルの誓い」をさせたことでも有名である（本書第2章参照）。この事件はその年の暮れに召集されたオルレアン身分会とともに，プロテスタント弾圧の強化として記憶さるべきであろう。ちなみに身分会（または三部会）とは14世紀初頭に起源をもつ，聖職者，貴族，都市代表の三身分により構成された身分制議会で，本来は主として国王が新たな課税をおこなおうとするとき，（都市代表の）不満を具申させ，具申したことで満足させ（俗にいう「ガス抜き」），議会に了承させる目的をもっていた。さて，プロテスタント弾圧の強化を示すと述べたオルレアン身分会には，アンボワーズ騒擾事件以来宮廷を離れていた，フランス・プロテスタントのリーダー格である血筋による王族，アントワーヌ・ド・ナヴァールとルイ・ド・コンデ1世が召集されたが（王族の参加は義務的），身分会への召集は実は口実で，真の目的は強硬カトリック派（繰り返しになるがギーズ=ロレーヌ家の影響下にあるとはそういうことだ）であるフランソワ2世がアントワーヌとルイ1世を虜囚にするか，あるいは亡き者にすることであった。オルレアン到着直後から拘束状態にあったアントワーヌとルイ1世を救ったのが，フランソワの急逝であった。フランソワ2世の歿年1560年12月以降，幼王シャルル9世の女摂政となった母后カトリーヌ・ド・メディシス（1519-1589）が新旧両教の融和政策をはかったため，この1560年，もしくは彼女の権力が実効を示し始めた1561年をプロテスタント受容のひとつの指標(メルクマール)と見ることもできる。1560年の前後，宗教改革運動をめぐる情勢は左右に大きく動いた。

　シャルル9世の治世では1564年から1566年の，母后カトリー

ヌとともにおこなったフランス巡幸が，民衆と国王を結びつけ，民衆に親王家感情を植えつけたという点で見逃しえない期間であり，またとくに1565年，スペイン王家に嫁いだ娘エリザベートとの再会を目的とした（と称する）スペイン王家側とのバイヨンヌ会談はのちにプロテスタント・サイドから聖バルテルミーの虐殺の予謀と受け止められた，これも重要な会談である。この期間，カトリーヌは矢継ぎ早にカトリック教会とプロテスタント教会の共存案を出している。しかしいずれの場合もカトリック教会，もしくは（および）プロテスタント教会から不満が漏れ，持続的な政令となっていない。そのような中，聖バルテルミーの虐殺が勃発した（1572年8月24日）。ここで少しく聖バルテルミーの虐殺の余波について述べておくべきかと考える。

第2節 聖バルテルミーの虐殺

歴史的に悪名高い聖バルテルミー（聖バルトロマイオス，聖バーソロミューともいう。「聖バルテルミーの虐殺」と呼ばれるのは，パリでこの事件が勃発したのが，聖バルトロマイオスの祝日であったため）の虐殺の政治史的・社会史的・文化史的位置づけは学者によってさまざまである。少なくともいえることは，虐殺が引き起こした心胆寒からしめる野蛮な行為（殺したプロテスタントの内臓をえぐり，火に焼いて食した等の）や，その規模の持続性と広範囲にわたることは（パリの一夜で始まり，数カ月をかけてフランス全土のカトリック都市に及んだ），たちまちのうちに迫害されたフランス・プロテスタントた

ちはもとより，フランス内外の親プロテスタント派，寛容派のひとびとのうちに憤激の心を呼び覚ました，ということだ。フランスのプロテスタントの抵抗理論は主としてカルヴァンにより主張された受動的抵抗から，積極的抵抗へと路線を転向し始める。思想史的レヴェルで話を進める前に，いま少し，政治史への影響を述べておこう。

事態は思いもかけない方角から，フランスの大惨事のただ中に飛び込んできた。ポーランドという東欧の，およそイタリア・フランスのルネサンス文明とはかけ離れた，「野蛮」な国家からである。1572年ポーランド国王ジグムント2世アウグストが継承者を残さないまま歿した。国制上，継承者がない場合には国王選出をはかるという原則にもとづきポーランド身分会は候補者としてモスクワ公国関係者，ハプスブルク家関係者，ヴァロワ朝関係者の三者との縁組をまず勘案し，次いで，詳細は省くが，前二者を排除，フランス国王シャルル9世の次弟アンリ・ダンジュー（のちのアンリ3世）の擁立を決定した。そこに勃発したのが聖バルテルミーの虐殺である。

ポーランド人の大半はカトリック教徒であったが，プロテスタント系の思想の知識人階層や政治的上層への浸透も無視できるどころではなく，ポーランド王国はこの時代には珍しく宗教的に寛容な国家として知られ，カトリック教国を追われたプロテスタント諸派，プロテスタント国家を追放された，たとえば再洗礼派や反三位一体派のひとびとが最後にゆきつく亡命の地でもあった（最終的に彼らは追放されるが）。このような国柄から，新国王候補者の国で聖バルテルミーの虐殺のような徹底的なプロテスタント迫害が生じたことで，国論は二分されるにいたった。事情は新王を

送りだそうとするフランス王家でも同様であった。短期的にアンリ・ダンジューを一独立国家の長としてかかげる名誉のみならず、長期的視座に立って、ポーランド国王にアンリを、そしていずれ英国国王に末弟フランソワ・ダランソンを擁し、自国フランスとの三者で、因縁のかたき、神聖ローマ帝国を包囲しようとの謀略が、もろくもくずれていこうとしたのである。フランス王家は最悪の事態を回避しようと、周章して使節をポーランドに派遣し、弁明に努める。聖バルテルミーの虐殺の発端はシャルル9世やアンリ・ダンジューとは一切関わりなく、むしろフランス・プロテスタント・サイドの陰謀に存すると主張する一方で、虐殺をシャルルの賢慮と礼賛するカトリック陣営の文書の出版を禁止させたりもする。ポーランド議会においても他の候補者との調整がつかないまま、外交政策との兼ね合いもあり、結局貴族層のほぼ総意により、一定の条件をフランス国王に呑ませたうえ、アンリを国王に推挙する。その一定の条件とはおおむね次のようなものであった。

1. フランス・プロテスタントは信仰の問題で詮議されない。
2. またカトリック儀式への出席を強制されない。
3. またフランスのどこにでも好むままに住むことができる。
4. 国外に退去しようとする者は国内の私財を売却することができる。
5. またはフランスに敵対しない外国にあって、国内の私財からあがる収入を享受することができる。
6. 虐殺されたひとびとの名誉は回復され、後継者は賠償されること。

7. プロテスタントであることを理由に追放されたものは，私財と名誉を回復し，望む土地に住むことができること。
8. 新教を奉じていた都市は，国王軍の駐屯部隊を受け入れることなく，新教の自由な勤行をおこないうること。
9. 虐殺者の探索にとりかかること。また逮捕した者は見せしめとなるような罰を受けること。

　このような条件をフランス使節につきつけたあと，今度はポーランド使節がパリを表敬訪問する。フランス宮廷は「田舎」からやってきたポーランド使節を洗練された先端文化の力で圧倒すべく，盛大にもてなした。宮廷の目論見の一部はあたって，「ポーランド人のためのバレー」に頂点をなす華麗な催しに，使節団は驚嘆したらしい。しかしそれとは別に，使節団は聖バルテルミーの虐殺を機にフランスが再度突入した戦乱状態に釘をさすのを忘れなかった。具体的にいえば，虐殺を受けて各地で始まっていた第4次宗教戦争，とりわけラ・ロシェルとサンセールの両プロテスタント拠点都市の攻囲戦についてである。その頃，ラ・ロシェルはともあれ，絶対的な攻囲陣の軍事力を前に，プロテスタント都市サンセールは疲弊し尽くしていた。周囲を蟻の這い出る隙もないほど徹底的に攻囲された都市の内部に，飢えは充満し，蔓延化し，敗北は眼に見えていた。それを眼にしたポーランド使節団は手を差し伸べるかのように，国王軍とサンセール側との間に和議が結ばれるべく宮廷に働きかけた。国王軍は，使節団の強硬な姿勢に，やむを得ず和議を結ぶにいたる。かくして第4次宗教戦争の最大の事件は決着を見，それとほぼ同時に第4次宗教戦争も結末を迎えるわけだが，プロテスタント・サイドのあるパンフレ

（党派的攻撃文書）は，この和議がサンセール側にかなり不利だと知った使節団が国王に抗議し，国王がこれを無視したこと，ポーランドのプロテスタント貴族とフランス側使節の間で取り交わされた誓書も，シャルルはその誓言の責任をあくまでも使節に押しつけ，自らの不関与を明言したことなどを告発している。ポーランドはあくまでも大国フランスの，いやフランス王家の野心の中に囲われていただけであって，その影響力もおのずから限られたものであった。聖バルテルミーの虐殺が招いた抵抗運動の変質に言及する前に，いかにポーランドがフランスから軽んじられたか，即位後のアンリ・ダンジューの行動に尋ねてみよう。

　ポーランド語はもとより，ポーランド貴族階層の共通語であったラテン語にも疎かったアンリは，文化的に華やかな催しが続くでもないポーランド宮廷で不満をかこっていた。そのような宮廷に滞在すること1年も経たずして，兄シャルル9世の訃報（1574年）がひそかに届けられた。一説によるとシャルルは聖バルテルミーの虐殺の情景にうなされ，からだ中の毛穴から血が吹き出たまま歿したという。シャルルの後継者に選ばれたポーランド王アンリはただちに帰国を決意，当然のことながら自分たちの王を引きとめるであろうポーランド人側近や貴族には内密裏に，宮廷を脱出する。シャルルの逝去を耳にしていたポーランド貴族はアンリの逃走を警戒していたが，王の脱出直後，それに気づいた側近は懸命に王の一行を追跡し，国境を越えようとしていたアンリに声をかけ，引きとどめようとする。アンリはフランスの情況が一段落したら必ずポーランドに帰国すると言明，約定のしるしとして指輪を与えた。しかしフランスに帰郷してアンリ3世の名のもとに統治を開始した王に，ポーランド帰国の意志はなく，時間だ

けが経過した。アンリに帰国の意思がないと最終的に判断したポーランド国民は王の像を引きずり倒し，馬で引きずった。ただアンリは生涯「フランス王にしてポーランド王」と自称した。このアンリの背信は，のちに反アンリ文書でいく度も引かれることになる。

　さて，事件史を中心に聖バルテルミーの虐殺を追ってきたわけだが，この節をまとめるにあたって，その思想史的意義について述べておく。すでに触れたように，聖バルテルミーの虐殺後しばらくは自陣が崩壊せぬよう引き締めをはかっていたフランス・プロテスタント，および国外のそのシンパサイザー（とくに政治運動などで，党派・組織へ直接加わることなく，外部からその運動を信条的・物質的に支援する者）は虐殺のほぼ２年後，1574年ごろから多数のパンフレを刊行し，その非を詰った。パンフレが提起した問題点はおよそふたつに集約される。あらためて確認するところだが，ひとつは，抵抗権の課題である。この時期のフランス・プロテスタントは主としてカルヴァン派であった。カルヴァン派にもジュネーヴ・カルヴァン派とフランス・カルヴァン派があるが，この先フランスのカルヴァン派信徒たちを彼らが自称していたように「改革派」の名称で呼ぼう。カルヴァンの『キリスト教綱要』で勧告されていたほぼ無抵抗主義は，その「ほぼ」から漏れる一節を典拠として，改革派のひとびとに抵抗権の根拠を与えた。具体的には，カルヴァンはこう書き残したのである。

　「すなわち放埓な支配に対する矯正は，主の与えたもう報復であるとしても，そのゆえをもって，われわれがただちに，自分にはそのつとめが命じられたと考えてはならないのである。われわれには，ただ，服従し，忍耐することのほか，何ごとも命じられて

いないのである。これらのことをみな，わたしは私人について語っているのである。すなわち，一私人ではなくて，今日，人民を擁護するために，王たちのほしいままを抑制する官憲が立てられているならば（たとえば，むかしラケダイモンの「王」たちには「エポロイ」が対置され，あるいは，ローマの「執政官」には「護民官」が対置され，あるいは，アテナイでは「元老院」に対置される「デマルコイ」がいたごとくである。おそらく，これは，今日で言えば，それぞれの王国に「三部会」が，大会議を開いて行使する権能に相当するであろう），これらの官憲が，職務上王たちの狂暴なわがままを断ち切るのを，わたしは決して禁じない」

（渡辺信夫訳「第4巻第20章31節」）

上記の引用文中の圏点部（筆者による）を取り上げ，改革派の論客たちは行政官による積極的な暴君討伐論を論ずるにいたる。これは後年のリーグ派（神聖同盟派）に理論的根拠を与えた，いわゆるモナルコマック（暴君討伐論者）たちの思想にいきつくであろう。だがこの問題はこの書の本筋ではないのでここではこれ以上取り上げない。

聖バルテルミーの虐殺がもたらした第2の思想的課題は国王選出制である。これは王権神授説を説く改革派の本来の思想とはまったく別系統の，タキトゥスの『ゲルマニア』の一節から派生した。古代ローマの歴史家タキトゥスは当時のゲルマニア人の政体を叙述して，「ゲルマニア人たちは国王によって統治され，国王は高貴な血統にもとづいて選ばれ（中略），けれども王には無制限の，ないし，専断的な権力があるのではない」等々と述べていたのである（圏点部は筆者）。フランス人をゲルマニア人の子孫と考える当時の歴史家たちは，ここから，国王選出制論と王権制限論

を導きだした。詳細は省くが，本来系統の異なるふたつの流れ
は，聖バルテルミーの虐殺を契機に，モナルコマキという16世
紀におけるひとつの大きな思潮に流れ込み，それまで取り立てて
疑問に付されたことがなかった，王権の出自について，また王権
の範囲について議論を重ねていくであろう。そしてまたアンリ3
世が君臨していた時代にはモナルコマキであった改革派や国家主
義者もしくは王党派（以下ポリティック派と呼ぶ）が，アンリ暗殺
後，アンリ・ド・ナヴァールが王位継承者となるや，それまでの
持論を撤回し，王権神授説に立ち戻るのを見ることだろうし，ま
たそれとは逆に，王権神授説論者であったリーグ派の論客たちは
手のひらを返したように，国王選出論者になるのを見ることだろ
う。だがこれもこれ以上本稿では立ち入るまい。重要なことは聖
バルテルミーの虐殺をきっかけに，イデオロギー面も含めたフラ
ンスの政治情況が大きく動き出したということである。それを前
提に，フランス16世紀の後半4半世紀をたどることにしよう。

第3節 フランス16世紀 ——聖バルテルミー以後

　聖バルテルミーの日，宮廷にいたために（もっとも必ずしもそれがすべての理由でないことは，宮廷の居室にいた改革派の精神的支柱コリニー提督〔1519-1572〕が惨殺されたことからも知れる）虐殺をまぬがれた，二人の改革派指導者アンリ・ド・コンデ（1552-1588）とアンリ・ド・ナヴァール（のちのアンリ4世。1553-1610）ではあったが，シャルル9世の脅迫によりともに棄教せざるをえず，王家の監視のも

と，ほとんど幽閉状態に置かれていた。しかしコンデ公アンリは1574年，宮廷から脱出に成功し，強制されて改宗したカトリック教から再び改革派信条を奉ずる旨を告げる。ミヨー（中央山岳地帯の都市）で開催された改革派全国集会はコンデ公を指導者と認め，ポリティック派にも改革派に結集するよう呼びかけながら，第5次宗教戦争（1575-1576年）へと突入する決心をする。1575年，自らの待遇に不満を覚えていた王の末弟フランソワ・ダランソン（1554-1584）も宮廷を脱走，不遇をかこつ貴族たちのグループ「不満派」の首領となる。南仏ニームの改革派集会において，「南フランス連合」の結成が模索される（1575年12月）。宗教戦争期きっての同時代史家ジャック・オーギュスト・ド・トゥ（1563-1617）によれば，ここで定められた184条項からなる規則は，「宗教や，市民政体，司法，軍事的決定，商業の自由，課税，財政にかかわる独自の法規を有する，一種の新しい共和国を建設するもので，それは『南フランス連合』を形成するあらゆる構成員からなり，おまけに国家からは独立しているものであった」。第5次宗教戦争は「王弟（フランソワ・ダランソンのこと）の和議」をもって終結したが，この和議は強硬カトリック派の不興をかい，ギーズ公アンリを頭領に第1次リーグ派を生みだした。フランス16世紀屈指の思想家ジャン・ボダン（1530-1596）が『国家論』を著述したのも，この年であった。

　以下，年諸風に重要な出来事を記してみる。

　1576年，今度はアンリ・ド・ナヴァールが，隙を見て宮廷を脱出した。同年8月コンデ公アンリは要地サン＝ジャン＝ダンジュリーを奪取，ここに第6次宗教戦争が始まる（1576-1577年）。

翌年5月、フランソワ・ダランソン率いる国王軍がラ・シャリテで改革派軍に大勝し、ベルジュラックの和議が結ばれ、第6次宗教戦争は終結する。これとともに第1次リーグ派は解散する。

1581年、アンリ3世の寵臣ジョワイユーズ公の婚礼が、かつて前例がないほど絢爛豪華（大規模な催しがおこなわれると、見物人はそれが「かつて前例がないほど絢爛豪華であった」というのが常套であったには違いないが）に執り行われた。このとき催された「王妃のコミック・バレー」はバレー史の中で特筆さるべきものである。バレー史の位置づけはさて措き、この催しはアンリ3世の、内政外交を顧みず、寵臣を偏愛した治世の象徴であった。アンリは寵臣との遊興のためにかさんだ出費をパリ市からの借金によってまかなおうとした。疲弊した民衆、とくにパリ市民の間には不満が高まった。パリ市民の眼を意識してか、それとも本心から信仰に篤かったのか、アンリは鞭打ち修行僧の一行に加わり、パリ市内を経めぐった。アンリの人物像は一面的には把握しがたい。若き日にはその軍事的功績を褒めそやされ、シャルル9世の継承者として希望のうちにポーランドから呼び戻され、しかし国王になってからはシャルルの「詩と音楽のアカデミー」とは異なる、新たな「王宮のアカデミー」を創設し、情念の詩人ロンサールに代わり、明晰の詩人フィリップ・デポルト（1545-1606）を重用した。狂信的修道僧に交じって信仰心の篤さを表す一方で、寵臣をはべらせ衆道にも走った（らしい）。国王の信用は地に落ち、カトリック教徒の関心は、護教の英雄ギーズ公を指導者とするリーグ派へと移っていった。

折も折、男子継承者のいないアンリ3世の弟、したがってその当時の王位継承順位第1位であったフランソワ・ダランソン（実

はアンリ・ダンジューの即位後，フランソワ・ダンジューと肩書が代わっていたのだが，この稿ではアランソン公フランソワに統一する）が病歿する。そのためサリカ法（古代ガリア人のサリカ部族を律していた法で，そこに定められた王位継承権は男子をもってするという条項が，14世紀以来王国基本法のひとつと見なされていた）の継承順からして第1位に躍り出たのが，のちのブルボン朝の祖，アンリ・ド・ナヴァールであった。しかしすでに述べたようにナヴァール王はこのときコンデ公アンリとともに改革派のリーダーであり，「いとキリスト教の信仰篤き」フランスの国王にはふさわしくないと，圧倒的に数多いフランス・カトリック教徒たち，いやむしろフランス・カトリック教徒を代表すると自称していた強硬カトリック陣営は考えた。彼らはロレーヌ地方の首都ナンシーで第2次リーグ派を結成した（1584年）。

　1585年，パリをはじめとする主要都市がリーグ派に移行する。7月，アンリ3世はヌムール（パリ近郊の都市）でリーグ派と協定を結び，結果として1585年から1589年にかけて，聖バルテルミーの虐殺時にも起こらなかった大量の棄教者が改革派陣営から発生する。8月，アンリ・ド・ナヴァールとダンヴィル元帥との間で話し合いがおこなわれ，ポリティック派もナヴァール王支持に回る。9月，ローマ教皇シクストゥス5世（1520-1590）はコンデ公アンリとナヴァール王アンリを破門する。ためにカトリック教徒の観点からは，ナヴァール王は王位継承権から失脚したことになる。第8次宗教戦争（1585-1598年）。

　メアリ・スチュアート，処刑される（1587年）。

　1588年，バリケードの日（5月12-13日）。アンリ3世がパリにスイス人傭兵を入れるのを知って激怒したパリ市民がバリケード

を張り，アンリはパリを脱出し，ブロワに逃げ込む。パリ市民，ギーズ公アンリ（1550-1588）とその弟，マイエンヌ公シャルル・ド・ロレーヌ（1554-1611）を指導者に立てる。アンリ3世はリーグ派（アンリ・ド・ギーズ）と交渉，というよりむしろ恫喝（どうかつ）されてリーグ派と共闘することを約束し，ブロワに身分会を召集（10月），強硬な第三身分の意見に耳を傾ける素振りをしながら，ギーズ公アンリとその弟ルイ・ドロレーヌ枢機卿（1555-1588）を暗殺する。いわゆる「ブロワの悲劇」である（12月23-24日）。パリ・リーグ派，16区総代会（パリを構成する16の区から選出された評議員で構成される組織）を中心に，一斉にアンリを非難。パンフレの山。このパリ・リーグ派の「革命性」の評価は現代でも分かれている。

　1589年1月，カトリーヌ・ド・メディシス歿す。アンリ3世，アンリ・ド・ナヴァールと協定を結び，国王軍と改革派軍でパリを攻囲する。8月，アンリ3世，パリ郊外で味方を装ったドミニコ会修道士に暗殺される。遺言でアンリ・ド・ナヴァールを後継者に指定する。以後各地，各都市は雪崩（なだれ）を打ったようにアンリ・ド・ナヴァールに帰順する。

　1593年1月，かたくなに反アンリの姿勢をくずさないパリ・リーグ派はルーヴル宮殿に，マイエンヌ公を議長として，全国身分会を召集する。出席した代表はわずか128名という窮状。主たる議題は新国王の選出で，マイエンヌ公は自らを推薦させようとするも，招かれたスペイン国王代理は，ヴァロワ朝の血を引くスペイン国内親王を立候補させようとする。身分会は成果を見ないままに終わる。同年7月，アンリ・ド・ナヴァールは正式にプロテスタンティスムを棄教する（本書では以後，アンリ・ド・ナヴァー

ルをアンリ4世と呼ぶことにする)。

　1594年2月，シャルトルでのアンリ4世の戴冠式。12月，イエズス会の示唆を受けたとされるジャン・シャテル，アンリ4世暗殺未遂。パリ高等法院，イエズス会士たちを追放の刑にする。

　1595年1月，アンリ4世，スペインに戦争布告。内乱を対外戦争へと展開する。7月，ローマ教皇庁，アンリ4世の破門を解く。10月，マイエンヌ公，アンリと和解。

　1597年3月，スペイン軍アミアンを急襲。9月，執拗な攻囲戦により，アンリ，アミアンを奪取。

　1598年4月，ナントの勅令。

　以上が16世紀の終わりを告げるカトリック教徒と改革派信徒の和解の歴史である。通常フランスの宗教戦争はこのナントの勅令で終止符を打たれたと考えられている。しかし最近のフランスやアメリカの歴史家の中には「宗教戦争史」を1629年まで拡張する傾向が，部分的ではあれ，認められる。ナントの勅令以後のアンリ4世時代史と，それに直続するルイ13世時代の初めの19年間（それは先述したように，ラ・ロシェルの陥落で終結する）を，フランスのカトリック教徒と改革派信徒との間の凄惨な内乱と同一視すること，もしくはそう錯覚させることには，一概に賛成できない。しかし角度を変えて，「宗教戦争史」を絶対王政にいたる封建大貴族と王権との格闘の必然的に出現した過程のひとつだとすると，ナントの勅令以後ラ・ロシェルの陥落にいたる「宗教戦争史」もまたそうした過程のひとつであり，おそらくほぼ最後の過程であろう（「ほぼ」というのは1648年から1653年のフロンドの乱〔ルイ14世幼少期，宰相マザランに反感をもつ貴族たちと，中央集権化を嫌う

民衆が全国的な規模で起こした反乱〕を想起しているからだ）。そして本稿の主題となる『悲愴曲』の作者アグリッパ・ドービニェもまた，改革派信徒としてのみならず，ほろびゆく帯剣貴族の一員として「宗教戦争」全史を生き，観察していた。以下に簡単に，ドービニェ自身にまつわる出来事を中心に年譜風に「ナントの勅令以後史」を紹介しておく（なぜドービニェの個人史を大局的な歴史に交えたかについては，本書第5章を参照）。

1598年：5月，フランスとスペインの間にヴェルヴァンの和議が結ばれる。
1599年：12月，アンリ4世とマルグリット・ド・ナヴァール（通称マルゴ王妃〔1552-1615〕）との結婚解消。
1600年：12月，アンリ4世，マリー・ド・メディシス（1573-1642）と再婚。結婚後，嫉妬深いマリーはアンリの浮気性に業を煮やしていたようだ。
1601年：9月王太子の誕生（のちのルイ13世。1601-1643）。
1607年：7月，王の私的世襲財産であるベアルヌ領地とナヴァール領地，フランスに併合される。
1609年：11月，アンリが横恋慕した妻とともに，コンデ公宮廷を脱出。このころアンリの人気，当初に比べはなはだ芳しからず。
1610年：5月，アンリ4世の暗殺。ドービニェ，自らの預言（「殿が心から神の教えを裏切ったら〔カトリック教を奉ずるにいたったら〕，神は心臓を貫かれるでしょう」）があたったことに震憾とする。ルイ13世即位（10月）。マリー・ド・メディシス摂政となる。ドービニェ，暗殺時の騒乱に向きかけた世

　　　　論に冷静を取り戻すよう呼びかける（レトワル『日記』よ
　　　　り。レトワルはアンリ3世・アンリ4世治下の屈指の日記起草者）。
1613年：11月，コンシニー（？-1617），元帥に推挙さる。コンシ
　　　　ニーはマリーがイタリアから連れてきた寵臣で，マリー
　　　　が実権を握っている間，イタリア人側近は宮廷で幅を利
　　　　かせていた。
1614年：1月，血縁による王族（コンデ公〔アンリ2世〕。1588-
　　　　1646），マイエンヌ公（アンリ。1578-1621），ヌヴェール公（シャ
　　　　ル・ド・ゴンザグ。？-1637），ロングヴィル公（アンリ2世。
　　　　1595-1663）ら，待遇に不満を覚えて宮廷を去る。10月，
　　　　ルイ13世の成人宣言。10月，全国身分会の開催（翌年2
　　　　月まで）。ちなみにこの全国身分会は，大革命時に身分会
　　　　が召集されるまでで，最後の身分会となった。
1615年：8月，コンデ公，新たに反乱宣言。フランス改革派，蜂
　　　　起。ルイ13世，アンヌ・ドートリッシュ（1602-1666）と
　　　　結婚。
1616年：5月，コンデ軍と王軍，マリーの意志により和議を結
　　　　ぶ。この頃，ドービニェに支払われていた年金が停止。
　　　　マイエ（ドービニェの領地）で秘密裏に『悲愴曲』初版を刊
　　　　行させる。11月，コンシニー，閣議を再編成。リシュリ
　　　　ュー（1585-1642），国務卿となる。
1617年：ドービニェ，『フェネスト男爵奇譚』の執筆を開始し，
　　　　デペルノンの軍勢を嘲弄しようとする。最初の2巻は年
　　　　内に刊行される。4月-5月，王族貴族，蜂起。コンシニ
　　　　ー，暗殺される。国事は王の寵臣リュイーヌの手に委ね
　　　　られる。国事からまったく遠ざけられたマリーは，ブロ

ワ城に蟄居させられる。

1618年：3月、ドニヨン（ドービニェの領地）で『世界史』第1巻の印刷が終了。表紙には1616年の刊行年度が記されている。この頃、ドービニェは息子のコンスタンにマイユゼ（ドービニェの領地）の副官の地位を与える。5月、三十年戦争の開始。

1619年：2月、醜聞多い私生活を送ったため、ドービニェによりマイユゼから追放されていたコンスタンは、姦通されたと思い込み、妻を殺害する。同月、マリー・ド・メディシス、ブロワを脱出。王族貴族軍に加わる。第1次母子戦争の終わり。宮廷に唆されたと推定されるコンスタンが、マイユゼ領を奪取しようとして夜間行動。ドービニェ、これを撃退。年末、『世界史』のため法的特典を得ようとするドービニェの画策が失敗したのち、第2巻の印刷はマイユゼで遂行される。『フェネスト男爵奇譚』第3巻を刊行。

1620年：1月、シャトレ裁判所、『世界史』焚書処分の判決を下す。4月、王太后の煽動により、リュイーヌ大元帥シャルル（1578-1621）に対する王族貴族の反乱。改革派信徒は参画することを拒むが、ローアン公とスービーズ公だけはドービニェをまきこんで、仲間に加わる。8月、国王軍、王族貴族軍に勝利。アンジェの協定。第2次母子戦争の終わり。9月、ドービニェは追放され、ジュネーヴに亡命せざるをえなくなる。12月、国王の認可を得ないまま、ラ・ロシェルで改革派の会議が開催される。宮廷にとって容認しがたい要求を練り、戦闘に突入するこ

とになる。

1621年：4月，ルイ13世，改革派に対する戦闘を開始。リュイーヌ，大元帥に任命される。この頃，ドービニェはリュイーヌに対する2通の小冊子（『国王〔ルイ13世〕への書簡』および『王国の貴族の諸氏へ』）を作成する。9月，ジュネーヴで戦争7人会議が制定され，ドービニェも参加すべく招かれる。11月ドービニェはベルンにおもむき，築城術を研究。12月，リュイーヌ，歿す。この頃，年内にドービニェは『内乱論』を執筆。おそらく『国王と家臣の相互義務論』も同年の作品である。

1622年：1月28日，ルイ13世，勝利者としてパリに凱旋。しかしながら南仏の改革派信徒を帰順させたわけではない。3月，国王軍，改革派軍に対してあらためて遠征をおこなう。4月から5月，ルイ13世，新たな戦闘によって，改革派スービーズ公（1583-1642）の騎兵を敗走させる。5月から6月，ドービニェ，ベルンに2度目の滞在。都市強化計画を確立するためである。

1623年：4月24日，アグリッパ・ドービニェとセザール・バルボニの未亡人，ルネ・ビュルラマシとの結婚。

1624年：この年，コンスタン・ドービニェが父アグリッパの許しを請うためジュネーヴを訪れる。この訪問はまた英国に対する外交的使命ゆえでもある。8月，リシュリュー，王室評議会議員となり，同月その議長となる。

1625年：1月，スービーズ公とローアン公，蜂起。5月，ラ・ロシェル，ローアン軍に合流。9月，スービーズ軍，敗北。この頃，ドービニェの長女マリー死去。

1626年：2月，ラ・ロシェルの和議。この年，『世界史』の再版がアムステルダムと刊行地を偽って，ジュネーヴで刊行される。
1627年：この年，ドービニェは『世界史』続篇の執筆を開始。1620年から1622年にかけての国王ルイ13世による対改革派遠征の記事である。3月，西仏同盟。対英戦争を目的とする。7月，英国バッキンガム公，レ島に上陸する。ルイ13世に対する改革派信徒の新たな蜂起。9月，ラ・ロシェル攻囲戦の開始。11月，バッキンガム公，レ島から追放される。12月，コンスタン，結婚する。その娘がのちのルイ14世の後添えマントノン夫人。
1628年：2月，リシュリュー，ラ・ロシェル攻囲戦指揮官となる。10月，ラ・ロシェル降伏。
1629年：4月，英国と和議。南フランスでかねてより改革派の勤行を許され，ほとんど自治権を有していたアレス（Alès）またはアレ（Alais）を攻略し，ルイ13世，改革派に対し恩赦の勅令を発布。11月，リシュリュー，首相に任命される。ドービニェ，『悲愴曲』再版をこの頃刊行か。
1630年：ドービニェ，ジュネーヴで『小品雑詠集』，および『フェネスト男爵奇譚』第四之書を刊行。後者は風俗壊乱の咎で，出版禁止となり，刊行書店主は逮捕される。5月9日（旧暦では4月29日），ドービニェ歿す。

宗教戦争を1629年まで継続したと見なす歴史家はおそらく，この年の南フランスでの改革派の蜂起と鎮圧を，70年間続いたフランスの内乱の終焉と見たのであろうし（ホウルト『フランス宗

教戦争, 1562-1629』), 宰相リシュリューの登場によって, 新時代の幕開けと見たのであろう (ル・ルー『1559-1629 宗教戦争』)。1598年までの全国的な内乱と比べると, 1598年以降, とりわけアンリ4世亡きあとの宗教戦争は局地的であり, 前者がイデオロギーの対立という信念に関わるものに対し, 後者はどちらかというと権力闘争の名残りだという印象がある。したがって宗教戦争を宗教改革の鬼子と考える観点からすれば, 1598年で「宗教戦争史」をとめてもよいのだが, 本書の主人公, アグリッパ・ドービニェの生涯を考えるとき, この1629年までの「宗教戦争史」版を採用した方がよいように思われた。

　さて, それではフランス本国では教員資格試験にたびたび出題されながら, 日本ではほとんど無名のアグリッパ・ドービニェとは, どのような人物だったのか。

第2章

アグリッパ・ドービニェ，その数奇な生涯(青年期まで)

アグリッパ・ドービニェ，正式にはテオドール゠アグリッパ・ドービニェ（Théodore-Agrippa d'Aubigné）は少将（maréchal de camp）の位までのぼりつめた武将であったが，その生涯に数千ページに及ぶ著作を残した。戦乱の中にあってそれらの著作は奇蹟的に残存し，未刊行の草稿もときたま学術誌に発表されている。そうした著作の中に『回想録（*Memoires*）』もしくは『児らに語るその生涯（*Sa vie à ses enfans*）』と題された自伝がある。注意しておきたいのは『児らに語るわが生涯』ではなく「その＝彼の生涯」だということだ。これから先の引用文でも知れるところだが，自分の生涯を述懐するにしても1人称（単数）を用いず，3人称を用いている。遠くカエサル（ローマの軍人・政治家・著述家）の『ガリア戦記』，クセノポン（アテナイの軍人・記録作者・教育者）の『1万人の退却（アナバシス）』に倣ったもので，1人称を用いて自らの思いを紡いだ同時代の思想家モンテーニュや，日記作家のピエール・ド・レトワルの試みを踏んでいない。これはひとつに『児らに語るその生涯』という「自伝」の位置づけ，端的にいって主著『世界史』との関連によるものと考えられるが，その経緯はここでは省かせていただくとして，『児らに語るその生涯』と補足資料を用いて，ドービニェの人生に分け入ってみよう。

第1節 子と父

『児らに語る』（以下このタイトルで『児らに語るその生涯』を指すことにしよう）によればドービニェは1552年2月8日（新暦），フラ

ンス西部のサントンジュ地方はポン市で生まれた。そもそもドービニェというひとには，後述するコンスタンという放蕩息子がいて，その娘マントノン夫人が太陽王ルイ14世（皮肉なことにナントの勅令の廃止を決定し，プロテスタントに対する徹底的な弾圧をおこなったせいで，非常に多くの信徒が国外に亡命した）の後妻となったために，改革派軍人としては例外的に18世紀以来家系図や伝記が宮廷人学者によっても在野の学者によっても入念に調べられており，多分この誕生日の記述も信頼できるのだろうが，もしこの数字が『児らに語る』にのみ依拠しているものならいく分かは眉に唾をつけた方がよいかもしれない。誕生の日付を記録する向きは，継承権の系譜の問題もあって，王侯貴族を中心にそれまでも存在していたし，カトリーヌ・ド・メディシスが占星術に凝り出してからは，一般貴族や富豪の間にも広まっていた。しかしそれはあくまでも宮廷やパリでのことであって，貴族とは言ってもサントンジュ州ブリ領主という，新興田舎貴族を父親にもったドービニェにそうした流行があてはめられたとは考えにくい。ただひとつ考えられるのは，ドービニェの出産が非常に難産であって，母親が出産とひきかえに自らの生命を落としたため，家の記録（後妻が嫉妬深かったという記録があるので，いささか考えにくいが）はともあれ，教会の記録にはとどめられていたろう，ということである。もしその教会が打ち続く戦乱で罹災しなかったならば，の話ではあるけれど。

　しかしなぜそこまで誕生日の日付にこだわるのか。自分でそういっているのであればそれでよいのではないか。一言でいって，『児らに語る』，とくに初期の『児らに語る』の記述に，事実問題としてはあまり信用していないからである。筆者が信用しないわ

けを『児らに語る』をたどりながら説明することにしよう。

　アグリッパ・ドービニェの父はジャン・ドービニェ，実母はカトリーヌ・ド・レタン。ジャンの後妻アンヌ・ド・リミュールが，父がアグリッパに注ぐ愛情をねたんだので，アグリッパは里子に出された。ついでながら貴族の子供が里子に出されるのは珍しい風習ではなかったから，継母の嫉妬の激しさというのも割り引いて考えるべきかもしれない。里子の先は，従姉妹でオーバン・ダブヴィルの妻であったミシェル・ジョリのもとで，ポンに近いアントワネット・ダルブレの館で過ごした。「ダルブレ」というのは，スペインとフランスの国境地方に位置するガスコーニュ地方の名門「アルブレ」家出身の，というほどの意味で，ジャン・ダルブレ（1516年歿）以降，ナバラ（ナヴァール）王国の君主をかねた。のちのアンリ4世の母ジャンヌ・ダルブレの名前もこの名目上の王妃であった。アグリッパと幼年時代のアンリ4世とが遊び仲間であったという伝承が生まれたのは，この時期からだったかもしれない。

　ジャンは息子のためにパリから家庭教師を呼び，古典語，すなわちラテン語，ギリシア語，ヘブライ語を学ばせた。その学力は，7歳半にして「いくらかは先生の意見も聞いて」プラトンの『クリトン』を訳したほどだった。ドービニェらしい逸話（何が，どこがドービニェらしいのかは，これからお話ししてゆく），そして筆者が『児らに語る』の幼年部分を怪しいと思う逸話は，ドービニェが6歳のときに起きた。

　　「6歳のとき，ドービニェは寝台にもぐったものの，先生を待って眠らないでいると，誰かが部屋に入り，彼の寝台と壁のすき間にやって来るのを耳にした。その人の着物が帳にふれてさらさら

と音をたてたかと思うと、帳が開き、大変蒼白な女性の姿が目に入った。彼女は彼に氷のように冷たいくちづけを一つして、姿をかきけした。やって来たモレル先生が見ると、彼は口が利けなくなっていた。それから彼は一四日間も続く持続熱に見舞われたが、このことで、幻を見た話はほんとうらしいと信じてもらえた」(成瀬駒男訳『児らに語る自伝』より)

現代風に考えればもちろん事実関係は逆で、ドービニェが熱病におかされたので、幻を見たのだろうが、それを言い立てても時代錯誤をおかすだけだ。大切なのはドービニェが事実関係を自ら書いたように受け止めた、ということである。というよりむしろ、『児らに語る』を書きつつあったドービニェがそのように受け止めた、というべきかもしれない。晩年、『児らに語る』を綴っていたドービニェは、幼いころから、自分が霊的な事柄を受容する能力に恵まれていた、少なくともひととは異なる特殊な命運を担っていた、と告げたかったのかもしれないのである。それはアンボワーズの騒擾(そうじょう)に際しても認められる。

「8歳半のころ、父はその子をパリに連れていった。市(いち)の立つ日、アンボワーズを通ったとき、絞首台の端にまだ誰か見分けられるアンボワーズの同士たちの首を認め、たいそう衝撃を受け、七千から八千ものひとびとの間でこう叫んだ。『彼らはフランスの首をはねたのだ、死刑執行人どもは』、と。そして息子は、父の顔に常ならぬ心の動きを見て、父の傍ら(かたわ)に馬を寄せると、父は子の頭に手を置いてこう言った。『わが子よ、栄光に満ちたこれらの頭領の復讐をするために、わたしの首に続いておまえの首が惜しまれてはならない。もしおまえが惜しむなら、おまえはわたしの呪いを受けるだろう』」(私訳)

第2章 | アグリッパ・ドービニェ、その数奇な生涯（青年期まで）

この逸話は，ユマニスム（ユマニスムとは英語でいうヒューマニズムだが，「人道主義」と訳されがちな後者に変わって，フランス語の発音を用いる。フランス語でいうユマニスムとは古典古代の学問と「人間らしさ」を武器に，「神」が中心であった中世の神学と戦った学問的姿勢である）に親しんだ者なら（7歳半でプラトンの『クリトン』を訳したというのはそういうことだ）間違えようのない有名な伝承に対応している。「ハンニバルの誓い」である。ハンニバルは紀元前2世紀から3世紀をローマ共和国を，孤軍奮闘，堂々相手にして生き，歿したカルタゴの名将で，第2次ポエニ戦争は別名ハンニバル戦争と呼ばれている。このとき4万の兵と象部隊を率いて冬のアルプス越えを敢行し，ローマ軍を各地で撃破，ローマを攻囲して市民の心胆を寒からしめた。そのハンニバルの父ハミルカル・バルカスもカルタゴの将軍で，第1次ポエニ戦争にあってローマを苦しめた。ローマの歴史家ポリュビオスによれば，晩年ハンニバルはその幼き日を回想してこう語ったという。

> 「彼はつぎのように語った。彼の父が軍隊を連れてイベリアに行こうとしたとき，彼は9歳であったが，父が神に捧（ささ）げものをしている祭壇の傍らに立っていた。吉兆をえて酒を注ぎ，儀式にのっとったすべてを遂行し終えたとき，父は息子を呼び，情をこめて，自分とともに遠征に出発したくないかどうか，尋ねた。ハンニバルは喜んで同意し，子供っぽく懇願しさえした。父は，子の手を取り，祭壇の傍に導き，犠牲のうえに手を置いて，断じてローマ人の友とならぬことを息子に誓わせた」

（ポリュビオス『歴史』，フーコーの仏訳からの重訳）

　同じく代表的なローマ史家ティトゥス＝リウィウスも類似の記事を載せているが，こちらは「ローマ人の敵たることを」誓わせ

たと，いささか強い表現となっている。ドービニェがアンボワーズの騒擾の「誓い」を書きとめたとき，ユマニストとして「ハンニバルの誓い」を重ね合わせていたことは多分，間違いない。これは筆者だけの想像ではなく，19世紀以来のドービニェ研究書には，「これはハンニバルのいまひとつの誓約のようであった」とか，「父が彼に誓わせたこの有名なハンニバルの誓約」とか，「アグリッパは，そのハンニバルの誓約を表明した」といった形容にはこと欠かない。カトリック教徒・改革派信徒を問わず，ユマニストの文人を探してみても，「ハンニバルの誓い」はおろか「ハンニバル」の名前を仰々しく引く作家はどういうわけかほとんどいない。その例外がドービニェであって，本書後段で中心となるであろうその叙事詩『悲愴曲』第1巻の冒頭は次の4行詩で始まっている。

　「イタリアの怪物，ローマの軍勢を
　攻撃しなければならないのだから，ハンニバルのようにことをなす必要があるだろう，
　ハンニバルは苦いワイン（酢のこと。ここではおそらく酢酸加合物か？）をかけられた火をもって
　焼けつくように熱くなったアルプス山脈に通路を割って作ったのだ」

ローマ共和国を攻めたハンニバルとローマ・カトリック教会（教皇庁）と熾烈に対峙するドービニェの図式的類似をさておくと，背景の違いを除いてもっとも眼に留まるのは，ドービニェの場合，はっきりと「呪い」という言葉が表されていることだ。むろんハンニバルにしたところで，誓約が神前でなされている以上，その誓約に背けば何らかの神罰がハンニバルの頭上に降りか

かるであろうことは前提となっているはずである。けれど暗黙の了解と、多数の敵対的な群衆のただ中でいわれた呪いとでは、事情がかなり異なっているように思われる。「誓い」の中にはそれを破る場合の結果が含まれているものであって、その了解を越えて、あえて「呪い」という言葉が表現されるのは、それが父と子の関係においてであるだけに、異様な印象を受けずにはいられない。聖書によく用いられ、ドービニェ自身も用いる受動的表現、たとえば「おまえは呪われるであろう」ではなく、「おまえはわたしの呪いを受けるであろう」と言っている。この文脈の中で「わたしの」という所有形容詞（英語でいう「代名詞の所有格」に近い）はきわめて強く、きわめて意志的に響く。父と子の関係を考え合わせればますます、呪う者の主体の自己主張がうかがえるのだ。実はこれは『児らに語る』が執筆されたドービニェの晩年の心境が反映されているように思われるが、それは今は問わずにおこう。むしろ問題にしたいのは、いささか懐かしい論考になるが、現在では斯界の重鎮となっている16世紀学者、クロード＝ジルベール・デュボワが1976年に発表した「『悲愴曲』における親族のイメージ」の一節である。デュボワはそこでこう書いている。

> 「『父』の主題は『悲愴曲』において正義の理念と結びつけられ、したがって『法』の化肉となる。この意味で『父』は超自我の決定機関としての役割を演ずる。（中略）『父』の主題は、その重要性によって、16世紀プロテスタンティスムの徴である。神に適用された父のイメージは明確に超自我の特徴をまとっており、神の超越を強調する、カルヴァン派のイデオロギーと詩との関係を証明するものなのである」

ここでいう「超自我」とは『ブリタニカ国際百科事典』の説明を借りると「精神分析の用語。パーソナリティ（人格）を構成する三つの精神機能のひとつ。快楽追求的なイドと対立して道徳的禁止的役割をになうもの」である。平たくいえば「良心」のようなものである。詳細を知りたい向きには精神分析学の鼻祖ジグムント・フロイトの著書（邦訳全集が目下岩波書店より刊行中）か，『精神分析用語辞典』（ラプランシュ＝ポンタリス編，村上仁監訳）でもご覧いただきたい。

　デュボワの分析で危険なのは，彼が依拠している「精神分析」が普遍的に妥当する学問ではなく，時代，フロイトを例にとれば19世紀西欧社会の産物であることだ。時代錯誤に陥らないように注意しよう（デュボワが時代錯誤に陥っているという意味ではないが）。さて，それはそれとして，話柄が『児らに語る』本編からはみ出してずいぶんになる。しかしながら「父」の問題はドービニェにとって大きなテーマなので，いましばらく余談をお許し願いたい。ここではデュボワの分析からもヒントを得ながら，『児らに語る』の言葉にも忘れず頼ることにしよう。

　　　　　　　　　　＊

　『児らに語る』は何のために書かれたのか。ドービニェはこの本の「序文」で一応，その目的を述べている。ドービニェは，コンスタン，マリー，ルイーズの3人の子供たちに，偉大な人物よりも平凡な人間に例をとって生き方を学んだ方がよい，と言い，こう続ける。

　「以下が父親として親しみをこめて語るわたしの生涯の物語である。その親しみゆえに『世界史』にあって趣味が悪いと思われた

事柄を隠しだてすることはなかった。それゆえにおまえたちに，わたしの栄光についても，わたしの過ちについても顔を赤らめることなく，まだおまえたちを膝の上にのせているかのように，それぞれを語るものである。わたしが願うのは，わたしの幸運な，あるいは名誉ある行為が，おまえたちに，羨望の念なくして，競争心を与えることだが，それは，おまえたちにもっとも多くの収穫を与える点として，わたしが赤裸々に示す過ちに，より意識的に気を配るという条件で，である」（私訳）

『世界史』とはドービニェが記録した宗教戦争の同時代史で，この詩人が後半生をかけて執筆し，死してなお執筆し続けようとした生涯の大作であるが，ここでは大著過ぎて扱うわけにはいかない。興味がある方は拙著『歴史の可能性に向けて　フランス宗教戦争期の歴史記述の問題』（水声社刊）をご覧いただきたい。ただ『世界史』と『児らに語る』は相補関係にあって，後者は「世界史」を生きた人間の個人史，個人的な回想である。客観的にとらえられた（と，ドービニェは主張し，そう信じている）同時代史の中の，ドービニェ自身の生きざまの回想である。ドービニェは子供たちに自分の生き方から学べ，と言っている。いや，正確にいえば，おそらく，自分のように生きよ，と言っているのだ。この「序文」はただ単に父親が年端のいかない子供たちに生き方を教えている文章ではない。この『児らに語る』が書かれた時期は明確ではなく，かなり長期にわたって，しかも晩年に近いころに執筆されたと推測されるが，『世界史』への言及から見ても，早くとも1618年以降の作品と考えることができるだろう。『児らに語る』の「序文」がまさにその初期に表されたとしても，このときすでに二人の娘は結婚生活をいく年も過ごしており，とりわけ息

子コンスタンはパリで華やかな生活を送り、あまつさえカトリック教に改宗し、乱行の限りを尽くしていたのだ。こうした背景を考えると、どうにもドービニェの「序文」は空々しいものに聞こえてしまう。老境を迎えた軍人の、これは呆けてしまった頭脳で考えられたものなのか。とくに若年期の出来事に関する錯誤や誇張の数々を取り上げれば（これらについては次節で紹介する）、思考力の衰退を想定しうるかもしれない。だが実のところ、ドービニェが年齢ゆえに呆けてしまったとは、およそありそうもないことなのである。ドービニェの散文作品でもっとも生彩あるもののひとつ、『フェネスト男爵奇譚』（後段参照）の「第四之書」が出版されたのは、ドービニェの死のほぼ一月前、78歳の春ではなかったか。したがって「序文」にはやはりそれなりの意味を求めなければならないのである。

　基本的にいって、ドービニェの過ちとは何か。生涯をつうじて厳格な改革派信徒であり続けなかったことである（ジュネーヴ亡命後、この改革派都市の厳格な規律に、ドービニェのゴーロワ的〔陽気で、針小棒大な物言いをし、血気にはやる皮肉っぽいフランス人の典型〕な気質が反発したことは、無意識の産物としてさておく）。ドービニェの幸運な、あるいは名誉ある行為とは、逆に、過ちにもかかわらず、優れた改革派闘士と、再びなりえたことである。これらの過ちと名誉ある行為を子供たちは学ばなければならない。『児らに語る』の「序文」はしたがって、年端のゆかぬ子供たちに将来の理念的人間像を説いているのではない。過ちのただ中にある、もしくはおかすであろう子供たちに、その過ちから抜け出すように勧告しているのだ。3人の成人した子供たちにあえて「序文」をささげたのは、おそらくこの理由以外のものを有しはすまい。すなわち、

『児らに語る』には優れて教育的な意図が含まれているのである。ここでアンボワーズの騒擾の物語は別の様相を呈するかに見える。

　この事件によってドービニェは改革派の闘士たることを厳しく誓わされた。ある時期この誓いにそぐわない行動をとったものの、ドービニェは結局カトリック陣営の敵たることを自らに課した。コンスタンも厳しく育てられ、その教育に反して、あるいはそれゆえに改革派の信条を裏切った。今度はコンスタンが正道に戻らなければならない。父と子（ジャンとアグリッパ）の関係は子と孫（ドービニェとコンスタン）の関係になるべきなのだ。だがこの推定は正しいか。もしや子と孫の関係が父と子の関係になるべきではないか。つまり、子と孫の関係がまず問題であって、その解が父と子の関係とはいえないか。『児らに語る』には教育的配慮が見られると述べたが、この教育的配慮は、もしや事実に先立つものではないか。

　時として一般の史書にも引用されるドービニェの誓言伝説の事実性を証するものは、実のところ本人の言葉しかないのだ。ジャンも、あるいは周囲にいてこの言葉を聞いたかもしれないひとびとも記録を残していない。ジャンとドービニェとの間に、ある程度の対話はあったろう。だがそれは『児らに語る』の記述にどれだけ近いものなのか。

　疑えばもちろんきりがないが、表現上の問題をあげてみよう。この誓言伝説はどうも削り取られすぎているような印象をわたしたちに与える。すでに説明した背景のどれなりと取り上げられてはいないし（それらを引き受けるのが『世界史』の役割だといえば、それまでだが）、解釈も述べていない。きれいに誓言伝説だけが浮き上

がっている。ドービニェが体験したことのみを語っているからだとも考えられよう。白衣を着た女性の幻視体験もそうである，と。だがアンボワーズの騒擾事件はフランス改革派史上重要な事件なのだ。この事件に続く第1次宗教戦争に関しては，一応はその原因を述べ，そしてその結果生じた個人的な事態を語っているドービニェなのである。

　デュボワが説明した父のイメージと神および超自我の図式もこう考えると十分でなくなる。フロイトとならぶ（というほどに筆者はフロムに関心をもっているわけではないが）精神分析の父，エーリッヒ・フロムの初期の文章を援用すれば，超自我は必ずしも幼児体験のみにより決定されるものではない。

> 「超自我対権威の関係は，弁証法的（「相互影響的運動的」といいなおせるかもしれない）である。超自我は権威の内化であり，権威は，超自我の性質が自分（権威）に投射されて聖化され，この聖化された姿で，再び内化される（中略）。それゆえ超自我は，（人間が生きている社会がどんなものであっても），幼児期にひとたび形成され，それ以来人間の中でずっと働く法廷ではない」
>
> 　　　　　　　　　　　　　　（フロム，E.「権威と家族」安田一郎訳）

　乱暴にまとめれば，フロムは，幼児期の権威が決定的なものでない限り，他の外的権威が超自我の形成に与える場合もある，というのである。このフロムの説を採用すれば，デュボワの図式は逆転しえよう。つまり改革派，とりわけカルヴィニスム（カルヴァン主義）という「権威主義的」宗教を強く引き受けたドービニェには，その神が超自我のよりどころとなる。そして超自我が過去に投影され，過去の超自我のひとつの形成者であった父に結びつけられるとき，父は現在の権威の影響を受ける。事実としての

父ではなく、ありうべきであった父のイメージが結ばれるのである。こうした過程が存在しうるとすれば、無意識の操作による公算が大である。そして無意識による父の像の権威化が、あとからのものにせよ、ドービニェの語っている現在と、語られている過去の間の過程をつうじて確立されてしまえば、あるいは意識的でもありえた意図は表面化せずとも、その過程の中に流れ込みうるだろう。

　上記の門外漢からの発言にいくらか補足しておく。カルヴァン神学では権威たる神はひとに罪悪感を覚えさせる恐るべき存在である。この点でデュボワが超自我を援用するのはもっともと思われる。残る問題は実在の父と記憶の「父」との関係である。ここまでの論の展開ではそれを単純に「反映」で結びつけたが、実をいえば、これはいささか素朴すぎる結論であった。「反映」関係の媒介項として罪悪感があったであろうことを、この節のまとめに述べておきたい。原型としての父がどうであれ、その行動の記録からして幼いアグリッパに自らの宗教を押しつけたであろうことは、基本的に、否めない。しかるに、これまで触れたように（および本章第2節以下参照）、青年期のアグリッパはそれをしばしば忘れ、あるいはそれに反抗したような行動をとっている。後天的に超自我が形成されたとして、その反映を「父」に結びつけるとき、この忘却、もしくは反抗が罪悪感として、その反映を可能ならしめたとの想定は不可能ではない。いやむしろ、その罪悪感が顕在化した時点で、アグリッパのカルヴィニスムへの傾斜が本格的になっていったとも考えられる。すなわち、罪悪感によって生じた恐ろしき父、もちろんそれがひとつのイメージであるにしても、その父はまた、思想のレヴェルでいえばカルヴィニスムの神

でもあった。『兒らに語る』でドービニェが描く「父」のイメージが実在のものであったか否かは疑わしいとしても，その父の影をある時期からドービニェが負うようになったのは確かと思われる。罪悪感という共通の感情を媒介項とした相互的なイメージの浸透にあって，「父」は優れて理念的な存在になりえたはずである。教育的配慮とともに「父」の権威化を促進した無意識の領域をより精密に論ずるとすれば，この罪悪感を抜きにはできないと思われる。これはまた，なぜアグリッパが積極的にカルヴィニスムを引き受けようとしたのかという疑問に対する，単なる習慣以外の理由ともなるであろう。もちろん，繰り返すことだが，ただ単に罪悪感のみが「父」を決定したのではないにしても，である。そしてさらに超自我が幼児期形成によるばかりではない，との前提に立ったうえでのことである。超自我と自我理想との相違について語る『精神分析用語辞典』の一節を紹介しておく。

> 「超自我は自我理想と類似しているが，その両者の差異は前者が起源的に罪悪感と，後者が劣等感と結びついていることであるとされる。即ち対照的にいえば，前者は恐れられるものに，後者は愛されるものに関わる」

ドービニェの『兒らに語る』が教育的配慮をも有していると述べたとき，その配慮は十分に意識的なものであった。けれどもその配慮が事実を変形するまでに強いものであったかどうかは，実のところあまり問題ではない（そもそも「事実」とは何なのか）。意識にのぼる配慮が強かろうと弱かろうと，無意識の過程がその配慮に味方すれば，それは自然なものと意識されるだろう。アンボワーズの騒擾事件において，そこに登場する「父」は事実の父ではなく理念により権威化された「父」である。また，ハンニバル

伝承においては，すでに『悲愴曲』巻頭の4行詩で示したように，ドービニェがハンニバルとの一体化を強く望んでいたとすれば，ハンニバルの行為はひとつのモデルとなりうる。権威化された父のイメージを通して，『児らに語る』のひとつの目的とも考えられる教育的配慮が過去に流れ込んでゆく。このような場合，権威化された父によってすでに変形を受けてしまったアンボワーズ陰謀事件の「事実」と，ハンニバルの誓言「伝説」との差が見落とされてしまっては，なぜいけないのか。変形の操作のただ中で，著名なハンニバル伝説がひとつの鋳型を与えるとは，あり得ないことなのか。

　あるいは読者の方々には，なじみのない術語を用いてきたかもしれない。その点は率直に反省するとして，この節の，これまで述べてきた推測にもとづく一応の結論はこうである。原型としてのアンボワーズの騒擾事件は，『児らに語る』を語るドービニェの現在の，意識と無意識の影響を受け，ハンニバル伝説にもとづく，説話として理念的な存在に変形してしまったのだ。この結論は，繰り返すことだが，まったくの仮説であって，事実はより単純素朴にドービニェの誇張癖によるものかもしれない。しかし残念ながら，『児らに語る』の再発見から1世紀半を経てなお，現在までのドービニェ研究において，個人に関わる事柄，実証不可能な事柄は，『児らに語る』の記事をそのまま信頼する形で留め置かれている。ドービニェはひとつの強烈な自我である。意識的にせよ，無意識的にせよ（そうでなければ霊感を受けて『悲愴曲』のような幻想的な詩を書けはすまい）そうであったろう。このような個人の表す記述を「事実」そのものとして受け止めることは，重大な事実誤認に陥る危険があると思われる。このような前提を立てた

うえで,『児らに語る』の記事を追いかけることにしよう。なにしろまだ2ページと読んでいないのだから。

第2節　忘れられたひとびと

　1562年,第1次宗教戦争が勃発した。パリでユマニスト（ここでは「古典学者」の意。この時代にあって古典学者というのは時代の最先端を走る知識人であった）にして改革派のマチウ・ベロアルドのもとで勉学に励んでいたアグリッパは,師や学生（その中には後年の日記作者ピエール・ド・レトワルもいた）とともに,迫害を逃れ,コンデ公が占拠するオルレアンを目指して旅立った。途上一行は宗教裁判所判事（カトリック派）とその配下の騎士団員に捕らえられた。尋問を受け,改宗しなければ火刑に処すとおどされたドービニェは「ミサへの嫌悪を想えば,火刑の恐怖など屁でもないと答えた」（成瀬訳）。付言すれば,ミサはカトリック教徒の儀式の象徴で,若きドービニェは,カトリック教の儀式に与するよりも殉教を選ぶ,と言ったのである。この豪胆な発言は監視をしていた貴族を感嘆させ,牢につながれた一行にこう言って,全員をひそかに釈放させた。「このお子さん（アグリッパ）を助けるためには,わし自身が死ぬか,あなた方全員を救い出すか,どちらかせねばならない。こちらが合図したら脱出できるように支度しておきなさい。ただその前に二人ばかり買収するため,五,六〇エキュを出してください。彼らの協力がえられないと何の手も打てない」（成瀬訳）。かくしてアグリッパの豪胆な行動が一行を救ったのだ

(おそらく牢番を買収させるためとして巻き上げた60エキュも十分に役立ったに違いないが)。

　オルレアンでドービニェは疫病にかかり，かろうじて生を得た。しかし戦乱の中で勉学をおろそかにしている息子を見て，父ジャンは厳しく叱正し，息子はこれを衷心から悔やんだ。攻囲戦のただ中でアグリッパは，かつて自分を虜囚としながら今度は改革派軍の捕虜となっている騎士団員に面会した。その折のアグリッパの礼儀正しさはみなを感嘆させた。ジャンは攻囲戦の陣中で改革派側の法官たる役職を与えられた。やがて和議が成立し，ジャンとアグリッパは再び別離のときを迎える。結局これが父の姿の見納めとなったのだが，別れにあたって父は「息子に別れを言い，アンボワーズの誓いとプロテスタンティスムへの熱情，学問への愛と真の盟友であろうとする心を忘れぬよう」(成瀬訳)諭した。父はアンボワーズで病床に臥し，やがて歿した。アグリッパは父親他界の報を聞いて，激しく泣いた。

　アグリッパはベロアルドのもとで学んだのち，ジュネーヴの学寮に送られた。ジュネーヴはカルヴァンが指導者となって以来，プロテスタンティスムの牙城となっており，フランス改革派とも密接な連絡を取り合っていたが，カルヴァン没後はその後継者テオドール・ド・ベーズがこの都市国家の指揮をとっていた。ジュネーヴという地名にこれまでいく度も言及してきた。現代の若い諸君には考えられないかもしれないが，イタリアやスイスは現在の規模でまだ統一されておらず，大きな都市を中心に小さな主権国家がいくつも競合していた。東京が単独の国家であったり，大阪がそうであったりするようなものである。

　閑話休題。『兒らに語る』では，すでにオルレアン大学の公開

クラスに出席していたのに，ジュネーヴに送られたことに嫌気がさし，「古典語が嫌いになり，学業を重荷と感じ，懲罰を怨みに思うようになった。そしていたずらに熱中し，そのために信望を集めさえした」(成瀬訳)。彼は結局2年間ジュネーヴに滞在した。——以上がジュネーヴ滞在のあらましであるが，『児らに語る』で触れられていない事項がある。以下に簡単にそれらを紹介したい。

ドービニェがジュネーヴで滞在したのは，改革派のリヨン人，フィリベール・サラザンのもとであった。フィリベールにはルイーズという，アグリッパより1歳年長の娘がいた（彼の娘のひとりがルイーズと名付けられたのは示唆的である）。ドービニェは後年，娘に宛てた手紙でルイーズの早熟さについて語っている。

> 「彼女がいなければ，わたしはギリシア語に完璧に背を向けていたろう。だが彼女はわたしのうちに，彼女に対するいくばくかの恋の刺激を認め，その力を利用して，非難とか，学識ある辱めによってわたしを強いたのであるが，わたしはそうした言葉を喜んで聞いていた。そしてまた12,3歳の子供に対するように，彼女の部屋にわたし向けにあつらえた牢獄によってわたしを，ギリシア語作文とか彼女が主題を出したギリシア語詩作へと強いたのだった」(私訳)

ドービニェの（おそらく）初恋と，年下の少年の心の機微を読み取り，その少年が自分の館にいる真の目的へと導く手管を心得ている少女の物語だ。数十年を経て，なお心にとどまる強い印象をドービニェは書きとめていた。しかしルイーズの名前が記されるのは，長大な『世界史』も，レオームとド・コーサッド編の布袋腹(はていばら)の『全集』も，その他の『未刊行作品集』も含め，この書

第2章 ｜ アグリッパ・ドービニェ，その数奇な生涯（青年期まで）

簡におけるただ一度の言及のみなのだ。『児らに語る』には館の主人のサラザンの名前すら出てこない。おそらくこれには理由がある。

　強烈な印象を残したはずだが，やはり『児らに語る』に登場しない，このジュネーヴ滞在期に出会った人物がまだひとりいる。既述の事柄と重なるが，ジュネーヴ市立学校の退屈な生活の描写のあと，「2年間ジュネーヴに滞在したあと，親戚縁者の知らぬ間に，彼はリヨンに出発した」と『児らに語る』は書きとめた。この突然の出発について，ウジェニー・ドローという今は亡き，優れた在野の中世学者は『児らに語る』の説明では説得力に欠けると判断し，新史料を探しだした。新史料とは当時のジュネーヴ司法当局議事録に見られる，アグリッパによってなされた証言である。ことは男色に関する。アグリッパ・ドービニェとエムリー・ガルニエという二人の寄宿生に対して，バルトロメ・テシアと名乗る15歳の少年が，たびたび男色をしかけた，というのだ。アグリッパとエムリーの証言にもとづいて，テシアはローヌ河で溺死刑に処せられた。以下はドローが発掘したアグリッパの証言内容である。

> 「まず最初に，3カ月ほど前のこと（すでに係の方々に申し上げたように，これが夢のなかで起こったのではないと誓うことはできないのですが），上述のテシアと臥せっていたとき，真夜中ごろ目覚め，跳びあがって，上述のテシアが尻からわたしの中に入ろうとしているのを見つけました。そのため，たいそう驚いて，わたしは彼の方に向き直って，つぎのようにラテン語で申しました。『わたしにこんなことをするなんて，どうしたら君はこんなに邪悪になれるんだ』。すると彼は言いました。『行っちまえ，行っちまえ，

お雅児ちゃん，小僧っ子ちゃん』。わたしの方でも彼に対して，そのような言葉を山と用いました。最後には，何を言ったらいいかわからなくなったので，反対側に向きを変えました」

　ドローの考えでは，この裁判の顛末に恐れをなしたドービニェが，すぐさまジュネーヴから逃走したのだという。なるほどこの溺死刑という判決が，この時代の風俗の水準からして，いささか厳しいものであり，ドービニェにショックを与えたであろうことは想像できる。それはともあれ，この事件からいくつかの事柄が帰結される。ひとつに宗教都市国家ジュネーヴの，風紀の壊乱に対する取り締まりの厳しさであり，ひとつにカルヴァン亡きあとのベーズの立場である。ベーズがこの審判にどれほど直接的に関与したかは不明だが，事件は二人の被害者の少年がベーズを訪ねてから，裁判になっている。したがってアグリッパの「いたずら」には寛容であったこの宗教者は，それが彼個人の見解によるものであるか，都市の規律維持のため社会的に要求されたものであるかはさておいて，ケースによってはきわめて非寛容にもなれたのだ。さらにまた，これはドローも指摘するところだが，アグリッパの証言の曖昧さがある。もし上記のように，アグリッパが自分の証言が事実でなかったかもしれないと疑っていたなら，この恐ろしい刑罰は若い学生の自責の念を引き起こしたであろう。そしてさらに，もしアグリッパが，自分の証言を冗談半分に考え，その結果同僚の寄宿生に極刑がもたらされたのを悟ったなら，ジュネーヴ市当局の姿勢に震え上がったであろう。テシアの罪は証言されたほど重大でなかったかもしれない。そうだとしたら，アグリッパは自分の「いたずら」が将来どんな結末をもたらすか，不安を覚えたことだろう。夢である可能性を示唆した証言

にもとづいて，ジュネーヴ市当局はテシアを死刑にした。ドービニェの晩年を襲ったジュネーヴ市当局のかたくなさを予告する事件ではなかったか。

　　　　　＊

『児らに語る』は「自伝」である。以下にここまでの『児らに語る』の範囲で，「自伝」という文書の特徴を洗い出してみよう。まず「自伝」はひとの生涯に関わる「逸話」(アネクドート)の数々から構成される。ここで「逸話」の定義を『ロベール・フランス語辞典』に尋ねてみる。「物語がものごとの裏面やひとびとの心理を明らかにするために用いる歴史的な些事や好奇心をそそる細かな事実」。この観点からすると『児らに語る』は，「逸話」にあてられたアクセントにより強い印象をもたらす。これまで見てきた幻視体験にしても，神童的な勉学にしても，「アンボワーズの誓言」にしても，「ミサへの嫌悪」にしても，そしてまだ本書では語っていない多くの事実にしても，みなまとまった単位として「逸話」を構成する。

「逸話」をつなぐ物語に不足するわけではないが（たとえば，難を逃れてオルレアンに達するまでの行程），その中でも「逸話」（少年アグリッパの豪胆）は光って見えてしまうのである。「逸話」を結びつける要素とは何か。それはまず「記憶」であろう。しかし「記憶」にあってもっとも特徴的なことはその不正確さである。記憶術などという怪しげな「学問」が流行ったのは「記憶」が本質的に不正確であるからにほかならない。この不正確さはドービニェが『児らに語る』を本当に『世界史』と同時期に書いたのか，疑わせてしまう（後者にも不正確さがあふれているが，そこには「不正確

さ」の独自の理由があった。これについては前掲拙著を参照）。この点についてはドービニェが『児らに語る』を歴史家ではなく自伝作者として書いたのだ、と一応は答えられよう。数十年を経て語っているということ、そのことが肝要で、その逸話の正確さはそれほど問題ではなかったのだ、と。その場合にはいかなる史料よりもドービニェの「記憶」の求心性、ある「逸話」を遠ざけ、影に隠し、ある「逸話」を際立たせる「記憶」の求心性を問うべきであろう。

しかしその他に『児らに語る』における「逸話」の特徴がある。これは繰り返しになるが、「逸話」の教訓性である。「逸話」の教訓性はいくつかのパターンに分類できる。

❶ アグリッパに向けられた教訓的言辞

少年アグリッパは宗教戦争の災禍を避けるためパリを去るはめになったとき、ベロアルドの書斎を去りがたく思った。するとベロアルドは諭した。「坊や、君くらいの年で、君にすべてをあたえ給うた方のために何かを失うことができるなんてしあわせだよ。君はそのしあわせを少しも感じないのか」。

❷ アグリッパが教訓を垂れる

「ミサへの嫌悪」をあげておこう。

❸ 「逸話」に現れた人物の宗教的姿勢によるもの

オルレアンで疫病が流行ったとき、アグリッパがまず感染した。「のちにブルターニュ管区で牧師として他界したエシュラールという彼の従僕は、彼をけっして見捨てたりはせず、病魔除けに聖詩篇の一つが書かれたものを口に含んで病に感染もせず、治るまで彼の面倒を看た」。

❹ アグリッパの精神的姿勢によるもの

アグリッパは父ジャンの逝去を察する。「その結果，自分の考え（ジャンが歿したという）をますます固く信ずるようになり，三カ月間人目を避けては泣きくらし，存命を請け合うとまで言われたが，喪服しか着ようとしなかった」。

「逸話」がこれらのパターンに分類されるとして，このことは何を意味しているのか。改革派の信条を確信し，そのためには何も恐れず，過酷な宗教戦争に勇敢に立ち向かい，みなを魅了する。叱責されるとすぐに身を正し，父と心から結ばれ，神も奇蹟で報いる。これが「逸話」から現れる若きドービニェの姿なのだ。このような子供は本当に実在したのだろうか。『児らに語る』を執筆するドービニェが無意識のうちに，記憶を紡ぎ出し，自らを理想化し，無意識のうちに悪しき「逸話」を除外したと考えるべきなのだろうか。いや，ルイーズとテシアがまだ語られないまま残っている。

*

『児らに語る』の中にルイーズとテシアの影はない。しかし彼らは消え去るはずがない人物だ。ルイーズに関しては数十年を経てなお容姿，性格，さらには彼女にささげられたラテン語詩を思い出すことができた。テシアについて書き遺された文章はない。しかしドローの推測が正しければ，ジュネーヴ逃避行の思い出には必ずやテシアの面影があったはずだ。したがって『児らに語る』を統一するのが「記憶」だという議論は成立しえない。ドービニェは「記憶」の底からある「逸話」を掬い出し，ある「逸

話」を放置した。その選択の基準は何か。およそ幼・少年期のドービニェの「逸話」をつうじて特徴的な性格がふたつある。一点は，それらの「逸話」におけるアグリッパの行動が，情況に迫られての受動的なものであるということ（ここでは第3次宗教戦争以前の営為に限定している），もう一点は宗教戦争という強いられた枠を別にすると，「逸話」の発生が偶発的であるということだ。ルイーズもテシアもそうした特徴を具えていはすまいか。であるとするなら，ルイーズとテシアが影に追いやられた原因は，『児らに語る』の内発的動因にあるのではなく，外発的要因，換言すれば『児らに語る』に託された作者＝ドービニェの思いにある。筆者がいいたいのはこういうことだ。

　ドービニェの意志，それが『児らに語る』におけるドービニェの幼・少年期の「逸話」を統べるゆいいつの外発的要因であった。意志とはこの場合教育的配慮の別名である。パリを脱出したアグリッパたちがカトリック教徒につかまり，一貴族の配慮で60エキュを代価に救われた逸話を思い出していただきたい。一行を率いていたマチウ・ベロアルドにそのときの記録があるが，彼ははっきりとそこで「盗まれた」と書きとめている。『児らに語る』を書いたドービニェは幼いアグリッパではなく，宮廷や戦場でもまれた老軍人，老貴族である。そうしたドービニェがベロアルドの観点を持ち合わせなかったはずがない。あえて大人の視点を避け，自分を取り囲む美談にまとめている。——そう，教育的配慮にもとづく「逸話」の中心にはアグリッパがいる。ルイーズにしてもテシアにしても，学問のあり方として，あるいは悪徳のあり方として，それぞれ教育的逸話を構成しうるものだろう。しかしそれらの逸話にあって中心はアグリッパではない。教育的

配慮にもとづく「逸話」でアグリッパは，その父ジャンとともに理想的人格でなければならない。繰り返すことだが，ドービニェはそのようなものとして『児らに語る』を「児ら」に残したのだ。そしてそれゆえにルイーズとテシアは『児らに語る』から省かれた。

第3章

『春』,この鬱屈した詩集

1568年，第3次宗教戦争が始まり，アグリッパはジュネーヴから故郷のサントンジュに戻った。孤児のアグリッパは財産管理人の館に留め置かれていたが，機会を見て脱出，改革派軍に加わった。大胆な振る舞いに感服したコンデ公のもとで旗手に引き立てられた。さまざまな危険や苦難をのりこえ，ロンジュモーの和議が成立したころ，折悪しくも熱病にかかり，生死の狭間を彷徨うこととなった。このとき彼は自分が指揮した部隊が戦場でおこなった「恐ろしい告白」をし，「見舞いに来た隊長と兵士の髪の毛を逆立たせたが，ドービニェが気に病んでいたのは，主として部下の兵を指揮して行った略奪のことと，とりわけ，理由もなく年老いた一農夫を殺害した兵卒オーヴェルニャックを処刑させえなかったことだった。その話の中で彼はとくに，年功を積んでにらみが利くようになる以前にあえて指揮など取った過ちをみずから責めた。この病気にかかって彼はすっかり人が変り，そして本来の自分に立ちかえった」(成瀬訳)。

　こののち財産をめぐって小作人が自分こそアグリッパであると詐称し，病気のアグリッパは裁判に訴えなければならなくなった。その席で熱弁をふるい，「ドービニェの息子でもなければこんな風には話せない」と認められた。アグリッパがディアーヌ・サルヴィアティを愛するようになった（と自ら言う）のはその直後，1571年のことである。

第1節　ディアーヌとドービニェ，ロンサール，百篇のソネ

　ディアーヌはドービニェが継承することになった領地（ブロワ近在）の隣に館を構えていたイタリア人銀行家サルヴィアティ家の長女で，天才詩人ピエール・ド・ロンサールが歌ったつれない恋人カッサンドル・サルヴィアティの姪にあたる。恋に落ちた経緯については明瞭ではない。というより筆者は，この恋は擬似恋愛から始まったのではないかと考えている。ドービニェのロンサールへの傾倒は，宗教的対立にもかかわらず，生涯続いたが，その発端は十代にさかのぼる。ドービニェの残存する著作でもっとも早いものは「16歳のときにつくった詩文」であるが，そこには「ロンサールの名しか聞こえない」と，ロンサールを絶賛する詩行と，「その名こそわたしを怒りに酔わせ，わたしの本の最初の10葉を破かせた」と隷従ではなく独立の覇気に満ちた詩句とが見られる。筆者の考えではドービニェがディアーヌとはじめに恋に落ちた（と，あるいは錯覚した）のはこの「ロンサール」という媒介項によってではないかと思う。恋愛詩集『春』の中で「ディアーヌ詩篇」と呼ばれるものがあるとすれば，少なくともかなりの数の作品がディアーヌとの現実的な恋愛関係を背景としているのではなくて，想定上の恋愛関係を背景としていると筆者は考えている。論述が前後するが，ディアーヌへの恋歌が主調になる恋愛詩集をドービニェは『春』と名付け，草稿の状態で残した。『春』は百篇のソネ（14行詩）からなる「ディアーヌに捧げる百頭の犠牲獣」，22篇の「スタンス（悲劇的抒情詩）」，50篇の「オード

（頌歌）」の 3 部から構成されている。「犠牲獣」とは古代ギリシア・古代ローマで女神に祈願するときにささげられた生贄で，具体的には女神ダイアナ（ディアーヌ）と同じ名前をもつ恋人にささげられた百篇のソネを指す。このソネ集の「第5」を引いてみる。

　「ロンサール，あなたは世界中に，愛情，
　優しさ，優雅さ，自尊心，好意，
　もの憂さ，喜びと残酷さ，それにあなたと
　カッサンドルの清い愛情を広めることができた，
　「わたしは彼女の姪のこころをつかむために
　あなたが歌ったとおなじように競って再び歌おうとは思わない。
　だがわたしは美と美を，
　私の炎とあなたの炎を，私の灰とあなたの灰をくらべようと思う。
　「わたしはかくほどまでに学識にあふれて歌うことができないのは心得ている。
　わたしは知識を放棄し，
　詩行を増やし，優美さを弱める議論には背を向ける。
　「わたしは生まれ出ずる夜明けの光に仕え，あなたは反抗的な夕べの光に仕える。
　オケアノスの頑なな姦夫が
　その顔を東へと向けようと思わないときに」

　このソネの最終部に出てくるオケアノスの姦夫とは，ティティスの愛人である太陽神アポロンを指し，校訂版を作成したアンリ・ヴェベールの解釈を参考にすれば，アポロンはその顔を東方に向けて，地球の反対側における西から東への，昼の間の歩みと

は逆の運行を遂行するのであって（いまだ天動説が正統で，地動説は異端だった時代の話であることを思い出そう），ドービニェの詩句の意味は，太陽が水平線の背後に隠れるのを拒んでいるように見え，そこから反逆を起こした，反抗的な夕べという考えが出てくるのだという。カッサンドルはその没落を受け入れることを，そして消え去って曙に場所を譲ることを拒否する美人として現れるのだという。ちなみに最終3行には異本文があって，最初に起草したときは次のようなものだった。

　「わたしのディアーヌはより幸いに満ち，より天上的で，より美しく
　彼女の霊魂はより自尊心にとみ，情け容赦なく，残酷で，
　わたしはといえば，より多くの霊感と，愛情と配慮をもっている」

「ロンサール」という媒介項がドービニェとディアーヌを結びつけたとするのは多分筆者の独りよがりではないと思う。晩年の書簡でドービニェは16世紀後半の文学状況を振り返ってこう語っている。

　「最初の文学集団はフランソワ（1世）王の最後とアンリ2世王の治下のものでしょう。その指導者には，わたしが個人的に面識をえた覚えがあるロンサール殿があたられるでしょう。わたしは20歳のとき，この方にいく篇かの作品を無謀にもお送りしたのですが，この方はご返事くださいました。わたしたちの交わりが増したのは，わたしの初恋がディアーヌ・ド・タルシーに結びついたからで，彼女はロンサール殿のカッサンドルであるド・プレ嬢の姪なのです」

恋愛の対象があって恋愛詩が生まれると考えるのは，近代的な

第3章　｜　『春』，この鬱屈した詩集　　059

思考であって，16世紀一般において恋愛詩は恋愛の対象がなくとも，それを想定しながら恋愛詩の規範にのっとって書くことが許されたし，恋愛の対象は恋愛詩を書くための名目でもあった。たとえばロンサールの盟友，本書第1章でも名をあげたジョワシャン・デュ・ベレーは「プレイヤード派宣言」ともいえる『フランス語の擁護と顕揚』を発表すると同年に，そのマニフェストの実作版ともいえる『オリーヴ詩集』を上梓したが，その詩集で恋人となぞらえられたオリーヴが虚構の人物であることは，研究の結果，ほぼ認められている。また時代は半世紀ほどさかのぼるが，ジャン・ヴィザジェというラテン語詩人が恋人クリニアの死に際して「ああ，ああ，彼女の死はわたしから（詩の）題材をひとつ，奪ってしまう」と嘆いた。貧乏貴族（ドービニェ）と今を時めく大銀行家の令嬢にしてその家の女主人（ディアーヌ）が容易に恋に落ちるのは双方の事情が許さなかったと思われる次第である。

　それはともあれドービニェの脳裏には生涯ディアーヌの面影が複雑に入り組んで残存していたことは確かである。そのためにはドービニェとディアーヌの関わりを年代順に追ってみなければならない。

　1572年，聖バルテルミーの虐殺に先立って，王の信任を得ていると思っていたコリニー提督は持論である，フランドル地方における対スペイン反乱の指導者オランィエ公支持の軍勢をまとめようとし，ドービニェも軍を募るが十分な兵の獲得に失敗する。聖バルテルミーの虐殺の三日前，知人の決闘に立ち会い，相手方を負傷させたためにパリを逃亡，おかげで虐殺の荒波を避けることができた。部下を率いたドービニェが隠れた地がタルシーであった。メディチ（メディシス）家と深い関わりをもったカトリック

教徒のサルヴィアティが何を考えて彼をかくまったか，理由はさだかではない。ただディアーヌとのつながりのほかにもひとつ，考えられる理由を述べた逸話が残っている。

　発端は十数年さかのぼる。1560年のアンボワーズ騒擾（そうじょう）事件においてドービニェの父ジャンは当初部隊を指揮して城に突入する役目を負わされていた。そのためジャンの手には陰謀の計画原本が残されていた。その書類に加担者として寛容論者でのちの大法官ミシェル・ド・ロピタルの名が載っていたというのである。1572年，タルシーの城に潜みつつ，ラ・ロシェルの抵抗軍に加わろうとしていたドービニェは，ディアーヌの父に手元不如意（てもとふにょい）を告げる。父はドービニェに提案して，ロピタルは今や隠退し，何の役にも立たず，あまつさえ改革派を裏切ったのだから，彼にせよ，彼の敵にせよ1万エキュを支払わせようと言う。一瞬ためらったドービニェだったが，すぐに書類を火にくべ，その提案を拒絶する。翌日父は，そうした行為によってドービニェが，財産の点では彼をしのぐ者たちに求められているディアーヌの相手と認めた，と言ったらしい。いかにもドービニェ好みの逸話で真意のほどは藪の中だが，『児らに語る』に書きとめたドービニェはこれを事実と信じさせようとしていると思われる。

　次なる逸話はドービニェの負傷事件である。近隣の宿にいたドービニェは正体不明の暴漢に襲われ，頭部に重傷を受ける。恋人の腕の中で死のうと決意したドービニェは医師の勧告を振り切って，ほとんど失神状態でタルシーの館に急いだ。ディアーヌの甲斐甲斐（かいがい）しい看護で全治した，とドービニェはある詩篇で語っている。快復したドービニェを今度は司教区の検事が，隠れている改革派の捜査に訪れた。サルヴィアティ家が引き渡しを突っぱねる

と，脅迫の言辞を残し検事は去った。これを知ったドービニェは猛然と追いかけ，銃でおどして検事にカトリック教の信仰箇条を否認させたという。以上のような一見友好的なディアーヌとの関係のあと，別れが待っていた。

> 「愛情と貧困がラ・ロシェルへの参画を妨げたとき，騎士サルヴィアティ（ディアーヌの伯父）が宗教の対立により結婚を覆した。ドービニェの無念は大きく，重病に臥し，パリのいく人もの医師の，さらには（ギヨーム・）ポステルの往診を受けたほどだった。ポステルは彼に告解を勧め，また彼が殺されるのをふせぐため，居残って看護した」

以上が『児らに語る』に現れる恋愛の端緒から終結までの逸話である。『児らに語る』の幼少年期の記述に似て，ドービニェの「英雄」たるありさまをこそ伝えるが，愛の諸相を描きはしない。わずかに異なるのが上記の引用部分であり（それでも自分を正当化しているようなのだが），また歳月を経てなおドービニェの胸中をよぎっていた感情を垣間見せる，物語のエピローグとでもいうべき，以下の『児らに語る』の文章である。

> 「ナヴァール王，二人のギーズ家の方，およびこの王の小姓（ドービニェのこと）が列席した或る槍試合に，ディアーヌ・ド・タルシーが姿を見せた。彼女は，最初の同意が宗教上の理由でこわれたあと，当時リムーに嫁ごうとしていた。この婦人は失った者と，手に入れている者との違いを宮廷の評価に見分けて，塞ぎの虫にとりつかれ，そのせいで病に倒れ，死に至るまで健康を取り戻すことがなかった」

「死に至るまで」とは，ドービニェの面目を躍如とさせる文章である。この逸話の年代は，別離からさほど時をへだててはいな

いだろうが、この記事を『児らに語る』に記載したドービニェの呪いさえ偲ばせる愛憎深い表現といえよう。ディアーヌの亡霊が苦しめたのはドービニェだけではなかった。1583年6月、ドービニェはシュザンヌ・ド・ルゼと結婚する。彼が妻から得たものは、アルマン・ガルニエという研究者の言葉を借りれば、「感情と信仰の完璧な共同体」であり、ドービニェの感情の奥行は、妻の死後に作られた詩篇や瞑想にうかがいうる。そのシュザンヌに宛てた1篇の詩にディアーヌの亡霊が出現するのだ。

「シュザンヌはわたしがディアーヌのために溜息を漏らし、
すすり泣きでわたしの静かな夜半を乱すのを耳にしたものだ。
わたしの溜息は大きくなり、松林のあいだで、
激しい山風がたてるほどの物音をたてていた。
——いったい、ディアーヌは死んでおりますし、それがなんで、
　とシュザンヌは言った、
あなたの床でわたし以上に墓から彼女がしうるのでしょうか。
灯の消えた彼女の眼が輝いているわたしの眼以上によくなしうる
　のでしょうか。
死者をなお愛すること、それは神聖冒瀆(ぼうとく)ではないでしょうか。
あなたは地獄から何かしら神聖なものを引きだそうというのでし
　ょうか。
彼女の双眸は消え去っているのに、明らめることができるのでし
　ょうか。
安らぎから、あなたのお考えに戦いをしかけることができるので
　しょうか。
——そうだ、シュザンヌよ、ディアーヌの夜は昼なのだ。
なぜ彼女の死がわたしに愛情をあたえられないというのか。

死してなお彼女がおまえを嫉妬させることが出来るのだから」

　以上がおそらく一方的にドービニェに有利に語られた，ディアーヌとドービニェの恋物語の顛末である。この恋物語の逸話群にそれなりの起伏があったように，ドービニェの詩篇におけるディアーヌに向けられた感情の質，ディアーヌの描写の歴史にも大きな山や谷があった。ソネ集の前半はむしろ恋愛を肯定する詩が多く，後半は暗い調子が目立つように思える。後半の詩をこれから引くことが多くなると思うので，定型的ではあるが，前半の，明るい将来を予見させそうなソネを紹介しよう。

「わたしはタルシーの庭園に2本の若木を植えました。

なにもかもなぎ倒す『時』も，『夜』の娘たち（運命，死，老い，欺瞞など）の

ひとを困らせる猛威もそのうえに力をふるうことはないでしょう。

わたしの詩句ももちろんそれらの名声を消すことはないでしょう。

「わたしはそれらの若木に固い結びつきを育てる

ふたつの文字を刻みました。その結びつきは表皮とともに

成長し，たくましくなり，それらとともに文字が大きくなるのと同様，

愛情を増すように力を注ぐのです（以下略）」

　百篇のソネの中で，とくに後半の神話喩（古典古代〔古代ギリシア・古代ローマ〕の神話世界から喩えの素材を拾ってくるもの）において，基本的にディアーヌは犠牲をもとめる狩猟神の残酷さと，男を撥ねつける処女神の潔癖さを兼ね備えている（古代ローマ神話で女神ダイアナ〔ディアーヌ〕は森で狩りをいとなむ処女神。ギリシア神話の

アルテミスにあたる)。要するにドービニェを優しく看護したディアーヌではなく，神話喩に囲まれた誇り高いディアーヌを描くことがドービニェのモチーフとなるのだ。そうした神話喩をもって語られた「ディアーヌ詩篇」とその他の『春』を構成する作品群の特徴をこれから見ることにしよう。

第2節　『春』，その詩篇の特徴——変わらぬ心と定めない心

　まずは以下の詩（ソネ「第96」）をお読みいただきたい。
「わたしはわたしの霊魂と赤く染まる私の血をもって
　わたしの殉教のしるしとして百篇のソネを焼き尽くす，
ヘカテー神のような女性を渇望し，わたしの苦しみを呻きながら
　わたしの憔悴をどれほどわずかにしか書くことが許されないとしても。
「以下の正当な理由ゆえに，わたしは百篇という数字を守った。
つまり百頭の犠牲獣以下では，怒りのうちにあるディアーヌ神の
　怒りを鎮めることができないだろうし，ディアーヌ神は百年のあいだ
墓石のない死体を地獄の外へとひきずり出すからだ。
「だが何と？　わたしの生贄の空洞に，湯気があがる腸に，
血に染まった部位に，わたしの神の
　怒りなり哀れみなりを認めることができるのだろうか。
「わたしの生命は彼女の生命のもの，わたしの霊魂は彼女の霊魂のもの，

わたしの心は彼女の心の中で苦しんでいる。アルテミス神なら
　　わたしの血でもってご自身の血の渇望を満足させたであろうに」
　この詩篇で用いられている「百」という数字をどう解釈すべき
か。ディアーヌに自作のソネを送り始めたころから「百頭の犠牲
獣」という長期的な展望に立っていたとは考えにくいし，またこ
のソネ番号「第96」が百篇の詩の完成（5行目の「百篇という数字を
守った」とあるのは英語でいう現在完了時制である）を告げているのに，
ソネ詩集では「第97」から「第百」までまだ4篇のソネが後続
している。後者に関してはドービニェに明確な構成意識がなかっ
たといわれればそれまでだが，構成意識がなければなぜ「百」と
いう数字にこだわったのか，判然としない。またディアーヌを歌
ったソネが詩集『ディアーヌに捧げる百頭の犠牲獣』に含まれる
もの以外にも存在するという事実──そうしたもろもろの事柄を
勘案すると，このソネ「第96」が，『ディアーヌに捧げる百頭の
犠牲獣』のいわれを述べていると考える必然性はなく，「百」と
いう数字と標題の関係はむしろ逆で，このソネ「第96」から表
題を選んだ，と考える方が妥当ではないか。
　今ディアーヌを歌ったソネがソネ詩集以外にも存在すると述べ
た。実はその逆も真であって，『ディアーヌに捧げる百頭の犠牲
獣』にはディアーヌにささげられたもの以外の作品も存在すると
いう事実が報告されている。そうした作品を除いた，そもそも
「ディアーヌに捧げる」と総称された詩篇の残りがすべて，いや
大部分すらディアーヌ本人に渡されたかどうかも怪しいのだ。
　　「わたしのものとおなじようなものに燃える，ある哀れな奴隷が
　　ながきにわたり蔑（さげす）まれ，思っている奥方に
　　その愛情，その揺れぬ心，その空中に舞う炎をうったえても，

結局答えとして，ご自分はそんなものは信じない，とおっしゃられた。
「また別の機会に，その優雅さ，その立ち居振る舞い，
　その美点，彼を殺し燃やしつくすその美しさ，
　彼の霊魂の牢獄である，天界にふさわしいそのからだつきを褒め称えると
　彼女はおっしゃった，『おだまり，そんなことはよく心得ています』。
「ああ，奥方さま，あなたは傲慢であると同じくらい愚かで，
　欺くとおなじくらい騙され，横柄であるとおなじくらい高慢で，
　ありのまま賢明にお答えするためには，
「あなたの最後のお答を最初のお言葉に結びつけ，
　あなたの美しさにはじめの無知をくっつけるべきだったのです。
　そうすればあなたはご自分の誤りと彼の苦しみがおわかりになったでしょうに」

　初稿では9行目の「愚か」が「残酷」になっていたらしいが，それでもこのような挑発的，侮蔑的な詩が，事実，ディアーヌに渡されたものだろうか。16世紀後半の貴族の心のありようと，恋人に詩をささげる作者の心のありようがよくわからないままにいうのだが，こうした詩句を送りつけられた女性はどのような印象を恋人に抱いたろうか。アンリ・ヴェベールは8行目の言葉を現実にディアーヌが言い放ったものの反映と考えているが，サルヴィアティ家の女主人（ディアーヌの母はこのころにはすでに歿していて，家政はディアーヌが差配していた）が，戯れででもなければ，こうした言葉を吐くだろうか。現実を反映した詩かそうでないか。反映した詩であるとしたらどのような現実であろうか。吹きさら

しの荒野と宗教戦争を媒介とした殺伐とした現実か。イタリア趣味の軽快な機知に富んだ現実か。反映した詩でないとしたら，未熟な心と未完成の技法による作品か，それともロンサールらの定型的詩作を極北にまで延長させた詩法による作品か。

　筆者は先にロンサールの名前をあげ，ドービニェがその詩人たる宿命をその影響下に始めたと述べた。ロンサールの名は『春』の中で2度，「序詩」とオード集「第13」に見られる。前者においては自身の『春』に呼びかけ，そこに収められた詩篇の評価を「宮廷の猿ども」に任せず，「ロンサールかそのようなひとを心のよりどころ」にするように語りかける。ここでのロンサールは卓越した詩人，詩のよき理解者の象徴であると考えられる。ときはすでに1570年代。1560年代初頭のプロテスタント詩人の攻撃に対し，いかにも高圧的な姿勢で迎え撃ったロンサールの姿を知らぬはずはなく，しかも同じ1560年代末に「ロンサールの名しか聞こえない」と絶賛した改革派兵士ドービニェは，詩人としても恋愛者としても経験を積みながら，同じようにロンサールを讃えたのだろうか。

　オード集「第13」におけるロンサールへの言及も，『春』の「序詩」におけると同様そっけないが，色調はいささか異なるように思える。そこで語られるのは，「父なるロンサールがわたしたちの母（フランス）を一新し，記憶の娘たちの数多い，可愛い子供たちが『時』の上に彼の栄光を打ち立てる一方で，わたしはわたしなりのやり方でしどろもどろに語ることにしよう」と，ロンサールとは異なる方法で詩を書こうとする自分の姿である。ドービニェはロンサールからの独立を宣言しているのだ。筆致は異なるが，これはすでにソネ集「第5」で先取りされているもので

もある。「第5」を再度たどりなおしてみよう。

　まずロンサールの詩的優位が告げられ、したがってドービニェは詩におけるロンサールと自分との同水準での対峙を一時離れる。彼が頼るのは、カッサンドルとディアーヌへの両者（ロンサールとドービニェ）の恋愛関係の実態である。ついでドービニェはロンサールを念頭に、学識や論述による詩作と対抗しようとする。ちなみにロンサールがカッサンドルにささげた『恋愛詩集』はその当時の古典古代の学識の粋を集めた、きわめて衒学的な詩集であって、ユマニストでもなければ、ロンサールの友人のマルク・アントワーヌ・ド・ミュレがほどこした註釈なくしては理解しがたいものであった。

　閑話休題。最終部の初稿はこれを受け、再び実態を絡めつつ、カッサンドルに比したディアーヌの優位と、ドービニェの、理性や技巧ではなく霊魂的・心的優位を堂々と主張している。「ロンサール」と異なるわが身を語り始めようとするドービニェは、立脚点を詩的表現の外に求め、それを霊感（fureur フュルール）という概念で代表したのである。

　19世紀や20世紀のフランス・ルネサンス研究家が認める、ドービニェの表現とその同時代人、とくにロンサールやフィリップ・デポルトの表現との強度な関係の探索の挫折は、やはりそこにドービニェのオリジナリティへの希求を見るべきなのであろう。先に名をあげたクロード・デュボワは繰り返し、「ロンサール」への従属とそこからの独立の意図を告げ、そこにドービニェのマニエリスムが誕生したと考えている。マニエリスム（英語ではマンネリズム）とは元来美術史の用語であって、イタリア語で「手法」を意味するマニエラ（maniera）を語源にもつ。美術史的に

第3章　｜　『春』、この鬱屈した詩集　　069

はそれまでの古典的な手法に対する新しい試みを指し,「その特色は人体表現において顕著で,誇張された肉づけ,引伸し,様式化した姿勢や派手な色彩などが認められる」(『ブリタニカ国際大百科事典』より)。16歳の詩にすでに感じ取られる独立願望は,その後数年間の発展過程が現在の史料では欠落しているとはいいながら,ソネ集「第5」においてはディアーヌを媒介とし,「霊感」に支えられ表面化した。こうした「霊感」が,表現の類似にもかかわらず,ロンサールのエピゴーネン(文学・思想・芸術などの追随者)となるのを救った。ドービニェの詩に見られる実体験の観察も,部分的にはおそらく,「詩」の表現から「詩」の外部への立脚点の移動と無縁ではあるまい。例をあげると,ロンサールにあって「詩」は何よりも崇高であり,時としては「自然」すら,歌われるためにあるかのような印象を与える。ドービニェも多くの場合その見解に服したかもしれない。しかし戦場体験をつうじ,またディアーヌという血も肉もある存在をつうじ,「詩」の外部の世界の重要性を学んだ。ソネ集「第47」は凡庸な作品ながら,その背景となるソーヌ川は,恋愛が繰り広げられるブロワとは,六角形をしたフランスの対極に位置し,戦場を転戦するドービニェがその行く先々でディアーヌ(?)への想いを募らせてゆくありさまが描かれている。ソネ集「第5」の,それ自体で見れば時代の文化に浸透されている表現の背後には,そうした宣言が告げられているように思える。この宣言は後年,自己の宗教と密着する詩篇において具体化してゆくだろう。だがそれには熟すべき時間が必要であり,「序詩」やオード集「第13」の詩的先駆者ロンサールは,ディアーヌを離れ,宮廷生活を送るドービニェの,かつての宣言と将来の,そのまったき実現を結ぶ途上に位置するも

のなのである。

    ＊

　詩一般についてそういえるかもしれないが，フランス・ルネサンス詩史をつうじ，何よりも眼を引くもののひとつに，対概念（対照法）があることは否定できないだろう。ドービニェもまたその流行に貢献したひとりである。『ディアーヌに捧げる百頭の犠牲獣』において対概念はさまざまな次元で姿を現す。詩の主題そのものが対立する2項の比較で語られる場合もある。ソネ集「第23」でディアーヌ個人の人格と，サルヴィアティ家の家柄を対照させるとき，「第24」で絵画と詩を比較し，詩が絵画にまさるというとき，さらに「第49」以降で，別離にともなう身体と霊魂との分裂を嘆くときなど，例示は尽きない。対概念が多用される作品を1篇，引用してみる（「第66」）。

「おお，どれほど休息は喜ばしいものであろうか，
　辛く，困難な長い旅路のあとでは！
　おお，どれほど，虚弱な者の手をとって，寝台の外に
　引き出す健康は，その者に恩恵を与えるだろう！
「どれほど，夜のあとで，輝く太陽は，
　朝に，その暖かく有益な陽光をあらわすだろう！
　どれほど，冬のあとで，肥沃な春は価値があることだろう，
　そしてひりひりさせる寒さのあとで優しいそよ風は価値があることだろう！
「どれほど不安のあとで確信は甘いものか，
　絶望のあとで希望は貴重なものか，
　狂気のあとで理性を取り戻すことは！

「おお，どれほど望ましいものか，この牢獄のあとで
わたしの自由はどれほど甘美であろうか，
どれほど死刑囚にとって生命は幸福なものであろうか！」

　苦役と休息，病と健康，夜と朝，冬と春，寒冷とそよ風，不安と確信，絶望と希望，狂気と理性，牢獄と自由が忌まわしいものと願わしいものの対立として，前置詞「のあとで（après）」を媒介に結びつけられている。ドービニェが現在陥っている恋愛の絶望的状況の解消を目標とし，現状と願望をさまざまなイメージによって強化している。問題は状況の解消が願望としてしか語られていないということだ。現実と願望が交叉しないまま，最終節までいたっているのはソネ集「第53」でも同様である。これ以上の引用は控えるが，この詩では現実のディアーヌの絶対的な拒否と，ありえぬ行為の願望は，いわば静止したものとして条件法（ほぼ英語の仮定法に相当する）の使用で決定されている。このような対概念のあり方は，後段で紹介する『悲愴曲』で同様に多用される対概念と比較すると，その特徴はより顕著になる。『悲愴曲』において対立項の存在は，むしろそれらを結ぶ軸の先験性（ア・プリオリ。あらゆる後天的な経験に先行して具わっている性質）に支えられるかと思われるほどに確定的であり，「善」と「悪」を結ぶ水平軸，「天」と「地」を結ぶ垂直軸，「現在」と「審判」を結ぶ時間軸に沿ってさまざまな下位概念をちりばめながら，それら三者の軸を支柱とする世界一般の本質と常に深く関与している。最後の審判を経ても，これらの軸が解消されることはない。しかしこれらの軸はドービニェの改革派的世界観に応じ，存在者も時間も包括する世界一般，宇宙と必然な関係を有し，反映し合っている。価値が逆転し，「現代」が「逆の世界」であり，また軸の先

験性にもとづいて静的であるはずの,対立項の一極が,異なる対立項に置かれ,反する価値を託されるのもこのゆえといえる。『悲愴曲』の対概念にかんしては今ここで例証することができないので,後段をお読みいただくとして,『ディアーヌに捧げる百頭の犠牲獣』での対概念はこの種の世界観に支えられてはいない。そこでの多くの対概念は世界一般の側からの要請を受けるのではなく,ひとつにディアーヌとの関係,ひとつには詩の表現上の要請に基礎を与えられている。前者に関しては上記引用のソネ集「第66」を思い出していただこう。詩的表現上の要請による対概念の提出について「第71」を引いておこう。

「百合はわたしには黒く見える。蜜はあまりにも苦い。
　薔薇の香りは芳しくなく,カーネーションには色がない。
　キンバイカも月桂樹もその若々しい生気を失う。
　あなたがいないので眠りはわたしにつらく,長いものとなる。
「しかし百合は白く,蜜も甘く,わたしが思うに,
　薔薇もカーネーションも栄誉をとりもどし,
　キンバイカも月桂樹も緑なすだろう。苦労のせいで
　わたしは睡眠をあいすることだろう,あなたがいらして下されば。
「あなたの双眸から遠く離れて,心ならずもお別れし,
　からだひとつが耐え忍び,精神は満足している。
　百合も蜜も薔薇もカーネーションも不快に思わせるにまかせよう,
「キンバイカも月桂樹も春から枯れるにまかせよう。
　休息がわたしをそこない,眠りもわたしをそこなうにまかせよう,

第3章　｜　『春』,この鬱屈した詩集

すべてが，あなたがいなければ，わたしには真逆となってしまえばよい」

　ここでも現実の願望の枠が詩を決定している。しかしその対概念の下位に従属する対立は，喩として表現に分類され，かつ文化の背景に支えられている。対立する表現は現実の世界や理念にもとづくものではなく，それらを視覚化するために共同的な規範から借用されたものである。こうした表現は恋愛詩の儀式であり，ドービニェはその儀式に着実にのっとっている。ドービニェが自らの理念をより詳細に訴える目的で規範を用いているのは事実だとしても，規範に対する反省（考察）の欠如ゆえに，ここでもディアーヌとドービニェで構築される世界の用具となってしまう。いや用具以外のなにものでもないので，それはこの詩篇全体が，ディアーヌの関心を得るための用具的性格を担わされているせいでもあるのである。

　　　　　＊

　ここでマニエリスム詩，バロック詩（バロック詩とマニリスム詩の違いを一言でいうのは難しい。極論すれば，前者にあっては動性と変化の描写が著しく，後者においては古典的規範から離れようとする奇想のイメージが著しい，といっておこう）に顕著に見られる「変わらぬ心（constance）」と「定めない心（inconstance）」について一言，いっておかねばなるまい。この対概念は初出以来，ドービニェの生涯のテーマとなるものだからだ。『春』においてこの対概念はドービニェとディアーヌという対立し，時に融和する2項の下位概念と考えられるが，必ずしも不動ではない，価値的に変動するテーマである。加えてオード集とスタンス集と，『ディアーヌに捧げる百頭

の犠牲獣』とでは，これらの対概念に託された情念の密度が異なるように思える。たとえばスタンス集「第4」ではこう語られる。

「おお，恋人たちよ，この世の悲惨から逃れよ，
わたしはほかのいかなる眼よりも美しい眼の奴隷であった，
ほかのどれにも劣らない暴政の奴隷であったが，
わたしの変わらぬ愛情（amour constant）は匹敵する愛情がないほどのものだった。
信頼にかけてはわたしにまさる変わらぬ恋人（amant constant）はいないし，
ディアーヌにはその定めない心（inconstance）において匹敵する女性がいなかった」

苦悩に満ちて投げかけられたこの種の非難は，スタンス集の多くの詩篇，オード集のある作品での主調となるであろう。ただしそれらの作品はいずれもディアーヌとの別離のあとに書かれたものと想定されており，別離以前のソネ集の詩篇群と同一に論ずることはできない。以下にソネ集の文脈の中で，「変わらぬ心」と「定めない心」の想いを追跡してみたい。「変わらぬ心」が表現されるのは次のような詩句においてである。

「わたしは誇り高さ，美しさ，そして天を呪う。
わたしはわたしの意志，わたしの欲望，わたしの眼を呪う。
わたしは美しさと天と，心を動かさないことを讃えることだろう。
もし彼女の美しさが彼女の憐れみを動かそうとし，
もし天がわたしに彼女の愛情をなびかせ，
もし頑なな揺るぎなさが変らぬ心であるならば」（「第62」より）

すでに引用したソネ集「第69」の第3行で「変わらぬ心」は「愛情」と同等に扱われ，真剣な恋のしるしであった。同「第56」で「愛情」に係る形容詞「変わらぬ」も同様の意味を付加するだろう。同「第59」で，それは克己的，禁欲的な側面を示している。これらの例では数的に不十分かもしれないが，「変わらぬ心」がドービニェによって正の価値を有するものであったことに疑いはない。それはひとりの恋人にささげられた情熱の，移り気でない，恒久的な性質を意味をもつ。愛人の手きびしい拒絶を承知してなお，苦しみを耐え忍ぶ誠実の証である。
　『ディアーヌに捧げる百頭の犠牲獣』の中で，「定めない心」の表現は頻度的に「変わらぬ心」よりも多く，ニュアンスも多様である。

「蒸気を昇華させ追い払い，
　大地を埃と化し，波で大地をうるおし，
　この世の変化の原因，うるわしい霊魂の原因である美しい太陽よ，
　そのせいでわたしが死んでしまうような，定めなさと苦しみがあるのか。
「この美しい定めなさは厚意の母であり，
　天のこの美しい変化はまるい地球を飾る。
　この変化が奥方を変え，彼女が
　愛情と，快楽と，苦しみと，涙に溶けてしまいますように」

（ソネ集「第81」）

　ここでの「定めなさ（定めない心）」は暗い影を与えない。ここでは太陽と女性が喩で結ばれている。太陽が地上の生成変化の原因であるとは当時の自然学の「常識」であった。この詩の問題点

は太陽に代表される「自然」の属性である「定めなさ」をディアーヌと重ねている箇所で、「苦しみ」という言葉を用いながらも、自然をとらえる視点が「美」を感じるゆえにディアーヌの「定めない心」も、その結果、ドービニェが嘆きに陥る状態も、悲惨さを訴えなくなっている。しかし「定めなさ」はどちらかというと『春』をつうじて否定的なニュアンスを与えられる。「定めなさ」は恋人の心変わりであり、ドービニェの誠実な「変わらぬ心」を裏切る不実な心である。それは『ディアーヌに捧げる百頭の犠牲獣』にも表現されるが、とくにスタンス集のいく篇かにおいて顕著である。おそらくディアーヌとの恋愛に終止符を打ったのちの作品と思われるが、スタンス集「第1」から引用してみる。

「そしてわたしの過酷な状況がわたしの生命にとどめをさし、
死ぬことによってわたしの苦悩が終わるとき、
わたしを苦しめるのに飽きた運命が、
わたしの苦しみと生命、彼女の怒りを終わらせようと欲するとき、
「わたしの狂気をもたらす激情を見たニンフ（女の精霊）たちよ、
わたしの声に合わせて深く悲しませたサテュロス（男の精霊）たちよ、
涙を流しながら、なにかしら哀れげなわたしの霊廟を建ててくれ、
森の奥、もっとも迷い子になりそうでもっとも暗い場所に。
「生きているより死んだ方が仕合せであろう、もしひとたびわたしの墓をみるために
地獄から目覚めたわたしの霊魂が、
わたしの周囲に髪を乱した一群の

ドリアデスがその声でわたしの苦痛を数えるのを眼にとめるな
　　　ら。
「わたしの燃えるような愛情とさまざまな苦しみの
血がしたたるような力を永遠のものにするために，
すぐ傍らの樫がその表皮に
打ち続くわたしの死と生命を以下の詩句に刻むがよい。
「奴隷として，焼き尽くされ，苦しめられ，あまりに忠実で，わ
　　たしが憐れみもなく，
　　聞く耳をもたず，見る眼もなく，何の掟もない心を打ち破ろうと
　　　思うとき，
　　その心は怒りと死と激情と定めなき心をもって，
　　わたしの血と炎と苦痛と信頼との代価を支払った。
「金髪のアポロン神（太陽）の黄金の光線が，光の届かない
　　わたしの洞窟に入って来ぬように，またサトゥルヌ神（土星）た
　　　だおひとりをのぞいて，
　　如何なる惑星もわたしの洞穴にその眼差しによる
　　光線を投げかけて哀悼のために傾かぬように」（圏点強調は筆者）
　以上は『ルネサンス文学集』（筑摩書房）「アグリッパ・ドービニェ　春　第一のスタンス」（成瀬駒男訳）で，異本文の関係から訳されなかったスタンス集「第1」の最終24行である。スタンス集の特色は成瀬による名訳に現れているので，興味がある方はぜひそちらを参照していただきたい。訳詩をこれ以上紹介するのは控えたい。しかしソネ集の時点で多くの場合，ディアーヌはまだドービニェの眼前に実在していた。すなわちディアーヌとの関係が前提となっているのであって，その中で彼女の移り気＝「定めなさ」を咎めようと，それは時代の文化にのっとった表現であ

り，かつせいぜいドービニェの不安を反映するにすぎない。決定的な心変わりが問われるのは，スタンス集で歌われるように，恋人との別離のあととなるだろう。そのとき世界一般は完全に「定めなさ」の徴(しるし)を詩人に呈するだろう。そしてまた，そのとき「定めなさ」は『ディアーヌに捧げる百頭の犠牲獣』でのようにではなく，「変わらぬ心」によらずとも，概念の自立を示すであろう。しかしここではそうした事柄に触れるのをやめておこう。また「変わらぬ心」や「定めなさ」の流行がネオ・ストイシスム（キリスト教を媒介にした古典古代のストイシスムの新形態）や『旧約聖書』「伝道の書」（とくに現世の無常を歌った，『旧約聖書』中でも異教の色彩が濃い書）の思想界・文芸界の流行とどのような関係を持っているかも，ここでは語るまい。それを論じたら，一巻の書物が必要となるだろうからだ。このあとで述べる宗教的叙事詩『悲愴曲』にあって「定めなき心」と「変わらぬ心」はまたもその大きな主題となるであろう。その前に簡単に，本当に簡単に『ディアーヌに捧げる百頭の犠牲獣』以降のドービニェとその文化的営為について，触れておこう。

第4章

『悲愴曲』までの道のり

1574年，聖バルテルミー直後の第4次宗教戦争に参加する金策がつかないまま，自領でくすぶっていたドービニェを，当時宮廷に囚われの身となっていたアンリ・ド・ナヴァールに，父ジャンの縁から，登用するよう働きかけるひとびとがいた。ドービニェはシャルル9世逝去の直前，宮廷に入った。身分は強硬カトリック派士官フェルヴァックの旗手としてであった。

第1節 『ジョデル追悼詩集』

　おそらくこの頃，すなわち1574年前期，ドービニェは前年1573年夏，不遇のうちに歿した，プレイヤード派のひとり，エチエンヌ・ジョデル（1532-1573）の追悼詩集『悲劇的詩人たちの王にしてパリのひと，エチエンヌ・ジョデルの逝去にあたって，サントンジュの貴族Th.-A.ドービニェによる追悼詩集』（以下『追悼詩集』と略）を刊行した。エチエンヌ・ジョデルは，1553年，フランス国内ではじめてフランス語人文主義悲劇『囚われのクレオパトラ』を上演させたことで，「神的な」と形容されるまでになる劇作家にして詩人である。人文主義演劇とは伝統的中世悲劇に代えて提唱された，古典古代の演劇作法と理念にもとづく，いわば実験演劇である（詳細は2011年刊行予定の拙著『「フランス」の誕生』を参照いただきたい）。『追悼詩集』のくだりは『児らに語る』には書かれていないので，『追悼詩集』本文と憶測でものをいうよりないのだが，まずその前に断っておきたいのは，追悼文集や詩集の編纂が著名人の死に際して儀礼的に企てられるのは決して

稀ではなかったということ，にもかかわらず『追悼詩集』のようにひとりの人物によるいく篇もの追悼詩（1篇のオード，5篇のソネ，1篇の4行詩）が集成され，しかも出版の形で公にされるのは異例と思えるということだ。ドービニェ自身この後いく人もの死を悼むであろうが，ジョデルの『追悼詩集』のような例はない。

　『追悼詩集』を簡単に紹介すると次のような作品集である。まず8行詩16連からなるオード。それをあえて要約すると，以下のごとくである。

1. 自らの詩への問いかけ。ドービニェはこれを諷刺詩と呼ぶ。わたしの義の戦いを爆発させ，ジョデルの死を悼め。
2. 悲劇の女神への呼びかけ。汝の額に万人が読み取るよう，呪いを刻む。
3. この詩が汝の怒りを担うようにあれ。汝の苦悩はまたわたしの想い。
4. フランスの損失，無知の栄えにわたしは苦しむ。貪欲の支配，徳の不幸をわたしは嘆く。
5. 宮廷で偽りのない賢者は困窮に死ぬ。戦士は軽蔑され，知識は仇となる。
6. ひとは彼の勝利も栄光も讃えない。孤高に歩み，沈黙する者だけが仕合わせである。
7. 不運で呪われた，悲惨な時代。貴人は成り上がった者の下で賤しめられている。
8. ジョデルは貧困裏に歿した。天は人間以上の精神を彼に与えたが，フランスはパンをも拒んだ。
9. 「死」も彼に同情し，彼は地獄をもその悲劇的な詩句で涙せ

しめる。
10. 「死」はわれわれの最良の者を選んだ。だから死者たちよ,この世に戻りたいと思うなかれ。
11. 友よ,いない者のために泣くのはやめよう。われわれの人生は死よりもはるかに酷くなってゆく。死のう,すればわれわれは不死となる。
12. 偉大なジョデルの死を嘆くのは,その幸福を残念に思うこと。忘恩の徒は歌を与えた者を忘れてしまった。
13. ひとは彼の偉大さ,重々しさを咎める。良心のくじけた者は偽ることができても,ジョデルは卑劣な沈黙者にはなりえなかった。
14. フランスの賢者たちは歌われるべき者の思い出を奪われてはならなかったはずだ。
15. 父の墓前での幼児の叫びは,大人たちの絶望よりも苦い。わたしの幼さも同じ。
16. オードへの呼びかけ。賢者を眠りから覚ますために,行け。わたしの詩がジョデルによって生を得るように,ジョデルがわたしの詩で生き続けるだろう。

　この短いオードの要約に紙幅をだいぶ用いてしまったが,本書後半の中心となる(それはすなわち本書全体の中心でもある)『悲愴曲』のある思想がすでに表現されている詩作であるため,お許し願いたい。これに後続する連作風の5篇のソネについては,『追悼詩集』の主題はオードにすべてあるといってよいので,これ以上の贅言は控えておく。
　簡単な紹介でおわかりいただけないかもしれないが,この『追

悼詩集』には奇妙な点がある。ジョデルの具体的な経歴や業績にささげられた詩句の少なさである。「詩人」ジョデルの側面については，人間のものならぬ才に恵まれ，鬼神もこれを敬う，といった程度で，ソネ「第5」においてかろうじて，ギリシア悲劇をフランスに復興させた名誉を賞讃したかったのだが，と具体的な偉業をかすめている。「人間」ジョデルも目立つことがなく，貧困に歿したこと，あえて沈黙にとどまる卑劣漢ではなかったことなどが，どうやら歌われる。その他は「偉大な」とか「もっとも優れた」といった，漠然とした形容に終始してしまう。交際のあり方からして違うにせよ，晩年のアンリ4世への追悼詩と比べると，ジョデル自身への言及の少なさや月並みさは，単に若さのせいばかりとは受け取りにくい。むしろこの点にこそ『追悼詩集』の本質が隠されているはずである。

　一般に追悼詩には，その成立からして，対象たる故人の伝説化の契機が含まれていると思われる。結語風の4行詩を綴ったドービニェにはその事実は十分知られていた。ではこの『追悼詩集』においてジョデルは伝説化されたのか。然り。ただ，追悼詩にあっては当然のことながら，故人の全体像を提供する必要はないし，ドービニェが伝説化するのもジョデルの一面，ジョデルの現世での位置であり，ひとの間で理解されないジョデルの姿なのだ。だが伝説化されるのは果たしてそれだけなのか。ジョデルの「悲惨」をつうじ，その向こう側にあるもの，つまり「悲惨」を軸にしてジョデルに働きかける存在がある。それが「フランス」であり，「時代」であり，何よりも「宮廷」なのだ。『追悼詩集』を読む限り，その焦点はジョデルよりも，此岸に置かれていはすまいかと疑わせるまでに，現世の不正を嘆き，糾弾する詩行は多

い。青年ドービニェの怒りを誘うのはジョデルの困窮のうちでの死ばかりではない。かつて生きている彼に讃辞をささげ，死した今も悼んで然るべき「賢者」たちの忘却もそうである。したがって伝説化されるのは，巨視的に見れば現世そのものでありながら，とくに偉大さに対する敵意と無理解に結びつく。腐敗した社会はその原因であって，『追悼詩』を支える憤りがそこまで達しているのはいうまでもない。後年の大作『悲愴曲』や『世界史』もまたこの主題を取り上げるであろう。

　詳細は省かざるをえないが，『追悼詩集』を想起させる先人たちの作品がないかと問われれば，もちろんある。たとえば『追悼詩集』の制作年代との前後関係は微妙だが，『春』の「序詩」には次のような宮廷批判がある。

　「フランスにおいて今日

　　無知というペストが大気と民衆をとらえているのが見受けられる。

　　そのペストは疫病となり，

　　王侯たちと親しく，

　　かれらの機知の襟飾りとなっている」（第29連）

　「かれらはぼんやりとした詩人まがいで，

　　おまえを退屈させようとする

　　星辰の清明な光ではない。

　　すでに栄光と芳しい讃辞を

　　得ている者たちは

　　他人のうえにそれらをそれ以上捜しはしない」（第50連）

「序詩」を1577年前後の作とするなら，『追悼詩集』での宮廷批判の精神は，ここに再び，宮廷を総体的な対立者に有して出現

した，と考えることができる。ただし，宮廷生活を送った，との過程的なものとは別に，言葉に表現されたある屈折を経て，である。つまりそれと名指さずとも了解されるジョデルのかつての支持者たち，ロンサールを初めとする面々への非難が，何らかの理由で姿を消し，逆に彼らの全面的支持に変わっているのだ。かかる屈折によってドービニェの諷刺詩人の立場は将来へのつながりを示すのであり，研究者たちが再三「将来の『悲愴曲』の詩人」と呼び，『追悼詩集』の理念は『悲愴曲』において明らかになるものの原型である，とするいわれも理解されると思われる。

　　　　＊

　詳細や例示は省かざるをえないが，「詩」という観点から『追悼詩集』を考察するとき，それが当時の文学作品や共同的な伝承に多くを負っているのは明らかである。ジョデルの，あるいはその他の発表された，もしくは未完の作品との類似はそれを物語っている。それらは『追悼詩集』が「詩」として成立するための環境，世界，前提であった。個別的なイメージや表現のみならず，「諷刺」というジャンルにおいても事は同様であり，ドービニェはこうした共同的な財産を用いて自らの主張をなしえたのである。

　こうした共同的な財産とは，時代の先端から見れば，むしろ「遺産」の様相を呈していた。初期詩や『春』の大部分のソネに認められるのは，明らかにプレイヤード派，もしくはそれに先行する，あるいは並走するユマニストたちの影響であり，宮廷文壇の主流を形成しようとしている，脱プレイヤード派の者たちの眼には，上京したばかりのドービニェは「遅れてきた者」であった

ろう。上京して『追悼詩集』を刊行したころにはドービニェも，自らを文学青年たらしめた素養と，当代の流行との落差を感じ取ったに違いない。しかし「田舎者」にもそれなりの節度と矜持があり，また自己形成に寄与したものを振り棄てるのも難しかった。そしておそらくはこのあとで述べる『キルケーのバレー』の挫折がある。ドービニェは宮廷詩人との対立を自らに課すことになる。宮廷はこののち，ドービニェ終生の攻撃目標となるだろう。だがなお彼は，政治情況を含めた何らかの原因で宮廷にとどまり，本章第3節で述べるように，宮廷文人たちとの交流を欲した。ある時期までの諷刺詩には宮廷で出会ったものを対象とする傾向があり，いわば内側からの視線は，宮廷滞留をひとつの前提とするものであろう。ここでもドービニェの姿勢は揺れており，研究者たちのいうように，宮廷生活と『追悼詩集』を絡めて語るには，より慎重な検討が必要なのである。

第2節 『キルケーのバレー』

　時間は前後するが，聖バルテルミーの虐殺ののち，王家の血筋に連なりながら，四男という立場で待遇に不満を覚えていたアランソン公フランソワとアンリ・ド・ナヴァールは，ドービニェが上京したころにはすでに，密謀を交わしていた。アンリの信頼が増すにつれ，ドービニェはかかる宮廷政治の渦中に置かれた己を発見する。1574年，槍試合でのアンリ2世の事故死の責任を取らされ英国に亡命していたモンゴムリが英国軍の支援を受け，ノ

ルマンディーに軍を興した。ドービニェはここで重要な政治的役割を託されている。アランソン公指揮下のカトリック教軍人フェルヴァック（フェルヴァック領主ギヨーム・ド・オトメール。1538-1613）のもとに旗手として加わり，モンゴムリと戦う中で，彼と連絡を取るようアンリ・ド・ナヴァールに命じられたのである。フェルヴァックはカトリック側，モンゴムリは改革派側であるから，ドービニェにはかなりの抵抗感があったらしく，「誓約をせずに」という条件で応じた，という。

　しかしながら，この間の事情は不明な点を多く残している。ドービニェの果たした役割にしてからが，『児らに語る』の記述と『世界史』の記述とニュアンスが異なり，決定を見ない。確実なものとして告げうるのはドービニェがカトリック軍に加わって転戦したということと，そこに政治的画策が働いていたろうということである。原因は何にせよ，ドービニェは1575年，改革派の傭兵とギーズ公がドルマンで戦った折にも，カトリック陣営にいたのである。『児らに語る』には，この戦いの逸話を述べたあと，以下の文章が見られる。

　「この遠征はドービニェに，ギーズ公との親交をもたらした。これは彼の立場を宮廷で維持するのになんの差しさわりにもならなかったばかりか，その主人（アンリ・ド・ナヴァール）と公との間のいっそうの親交を育てたのである。これら両名の王侯はともに床に就き，食事をとり，仮面劇，バレー，騎馬試合を楽しんだ。それらの創案者はドービニェただひとりであり，これ以後，彼は『キルケー』の草案を企画したのだが，王太后はそれを多額の出費ゆえに実施したがらなかった。のちにアンリ3世が，ジョワイユーズ公の婚礼にあたって催させたものである」（私訳）

第4章　｜　『悲愴曲』までの道のり

ドービニェがここで父権を主張している『キルケー』とは，1581年に演じられた『王妃のコミック・バレー』を指す，というのが研究者の定説である。とはいえ『兒らに語る』はここでも年代の混乱をきたしており，『世界史』の文章を参考にすると，1573年秋のポーランド大使の訪仏を記念した祝典時にドービニェの『キルケー』が提案されたらしい。つまりその企画は「それ以後」どころではなく，2年もさかのぼった出来事だったらしいのである。さらに『兒らに語る』にしたがう限りでは，草案にとどまった感のある『キルケー』の完成度に関しても，『世界史』では異なる書き方をしている。「フランスの華々しさで異国人を驚かせようと欲する」王太后に「スタンスやオード，カルテル（原義は決闘状。フランス詩史では想像上の恋敵に向けて書かれた詩篇）を附した十分に厚い覚書」を提出したというのである。

　「ナヴァール王妃（マルゴ王妃）がこうした詩のひとつのもののモチーフであり，企画の目標だということをのぞけば，すべてが王太后と国王の意にかなった。しかし実行に30万エキュを必要とすると王太后が気づくと，これは彼女に怖れを生じさせ，チュイルリー宮殿でおこなわれた催しで満足したのである」

　これらの『世界史』の文章が真実だとしたら，『兒らに語る』が語るよりも早くこの時代すでにドービニェはナヴァール家に迎えられ，宮廷で一定の位置を占めていたことになる。しかしこの題名しか残されていないバレーと，16世紀，いや演劇史上に燦然と輝く『王妃のコミック・バレー』とを重ねうる可能性は，果たしてドービニェの言葉以外にあるのだろうか。本人の言葉しか判断材料がない現状だが，その言葉の真性を尋ねるためには情況証拠を固める以外にはあるまい。

1573年夏，三男アンリ・ダンジューに王位を授けに来たポーランド使節を歓待するのに忙しかったのは，単にアンリを特別に可愛がっていた王太后カトリーヌ・ド・メディシスだけではなく，聖バルテルミーの虐殺以後1年しか経っていないというのにパリ中が浮かれていた。国王シャルル9世は，この栄誉と戦功をあわせもってラ・ロシェルから帰還する弟を華麗に迎えようと命令を下す。パリはアンジュー公の帰還とポーランド使節饗応という，ひとつの事件のふたつの側面を祝うために沸き立った。ドービニェの『キルケー』こそ上演されなかったが，このとき当面の問題を考えるうえで忘れられない催しがおこなわれている。チュイルリー宮でおこなわれた『ポーランド人のためのバレー』である。

　『ポーランド人のためのバレー』の概略を，いくつかの文献を頼りに復元すると，まず音楽に乗って，人格化された「フランス」，「平和」，「繁栄」の間でラテン語詩が朗唱される。屋内には3層ほどの岩山が築かれ，最上部に「フランス」が腰をおろし，中段，下段には楽器を手に，フランス各州を代表するニンフたちがその姿を見せている。きらびやかな照明の中，ポーランド大使が驚くその前で，「フランス」がその国土の美と栄光を，次いでアンジューのニンフが新しいポーランド王，アンジュー公を讃える。1時間ほどの催しの最後に，岩山から降り立った各州のニンフたちが列席者に，それぞれの州の名産たる果実や植物を刻んだ黄金のメダルを与え，かくしてひとびとは舞踏を開始する。

　ドービニェの草案の代わりにおこなわれた『ポーランド人のためのバレー』はそれでも，同時代の逸話作家ブラントーム（ブラントーム領主ピエール・ド・ブルデイユ〔1540?-1614〕。日本では『艶婦

第4章　｜　『悲愴曲』までの道のり　　091

伝』の作者として知られている）が「未曾有」と形容したほど大規模なものであった。そこには「舞踏，詩，音楽，装飾といった，宮廷バレーのあらゆる要素が見られる」と言われる。しかし「なお欠けていたものがある。『王妃のコミック・バレー』にある均衡，多様なエピソード，華々しさである」とも指摘される。『ポーランド人のためのバレー』には1558年のジョデルにまでさかのぼる宮廷祝祭の歴史的遺産と正負交えた経験があった。本書においてその過去の遺産に細かく触れる余裕はないが，のちほど概括的に要点をまとめることにする。ここでは『王妃のコミック・バレー』を紹介することにしよう。

1581年9月，アンリ3世の寵臣ジョワイユーズ公（アンヌ・ド・〔1561-1587〕。フランス提督）と，王妃の妹マルグリット・ド・ロレーヌとの結婚式が執り行われた。各種の催しが盛大に開かれ，このたぐいに関しては経済感覚のない王のもとであったから，日記作家ピエール・ド・レトワルによれば市井では120万エキュの出費と見積もるうわさが流れていた。『王妃のコミック・バレー』はこの機会に演ぜられた。後世にその威容を伝えようとのちに出版された一種の台本が存在するので，当時の状況をかなり明確に知ることができる。台本の序文によれば，この企画の誕生は，ひとびとが王や王太后を喜ばせようとしているのを知り，王妃が自分にもできることをと，ボージョワイユーに命じたことに端を発する。ボージョワイユーは計画を練り，書面にして王妃に見せたが，それは詩，音楽，装飾の3部門から成立するものだった。王妃に認められたものの，それらすべてを残されたわずかな時間内に満足させえないと判断し，ボージョワイユーは今度は王のもとを訪れ，詩に関してはラシュネー，音楽はサルモン，装飾はジャ

ック・パタンの推挙を得たのである。かかる協力者を得て，装飾は自らが担当し，ボージョワイユーを中心とする『王妃のコミック・バレー』が完成した。

　物語の筋は，魔女キルケーと人間および神々との戦いである。冒頭でキルケーの庭園から逃亡してきた騎士が臨席する王に救援を訴え，次いでキルケーが現れ，この騎士を逃したことで怒りの言葉を吐く。さらにセイレーヌたちの歌により，人間のみならず神々までもキルケーの術中に陥っているとわかる。これらの端役も再び姿を現したキルケーが黄金の杖で触れると，突然石像のように動かなくなる。退場したキルケーと入れ替わりにメルクリウス（マーキュリー）が出現し，魔法を解くが，彼の歌によりキルケーの城がフランスにあると知れる。ところがキルケーがまた姿を見せ，一同を捕囚にし庭園へと連れ去る。みなが引きさがったところでパーン（牧神）たちが彼女への怒りを表明し，ミネルヴァも戦車に乗って登場する。ミネルヴァは父ユピテル（ジュピター）に魔女の処罰を請い，かくて対キルケー戦争に突入する。キルケーも果敢に杖を手に戦うが，その力は次第に失せ，雷に打たれ地に倒れる。ユピテルはこれに憐れみをかけ，起き上がらせるが，捕らえた身のまま舞台をめぐらせ，臨席する王の前に引き立てる。すると王は彼女の杖を取り上げ，ここに大バレーが始まる。全員参加の大バレーが終わると，女性がそれぞれのパートナーが神々を彫った黄金のメダルを渡し，祭典は終了する。

　『王妃のコミック・バレー』の成功は，さまざまなジャンルの芸術の融合にある，とは研究者の一致した見解である。この作品は単なる物語劇でも，単なる舞踏のための口実でもなく，まさしく独立したジャンルとしての「コミック・バレー」なのだ。これ

ら諸要素の調和をはかるにあたってボージョワイユーの役割は大きく，このイタリア人演出家がイタリアニスムを「コミック・バレー」というジャンルに持ち込んだのは事実と思われる。イタリアニスムは表現面のみならず，イタリア人のユマニスト，ナターレ・コンチ（?-1582）が1551年に刊行した『神話』にもとづく，登場人物や設定の寓意解釈にも表れている。ナターレ・コンチについてもその著作についても（神話の系譜学とこの世界への適用），また『王妃のコミック・バレー』における『神話』の応用についても詳細な解説や具体例をあげられないので，信じていただくより仕方がないのが残念だが，このコミック・バレーの成功のひとつに，現象的にはさまざまな，それまでにも存在した諸芸術の調和があり，他方，史的背景からすれば，個人ボージョワイユーに代表されるイタリアニスムの刺激があったとまとめることができよう。

　そしてもうひとつの成功の要因は，場の設定に求めるのが常である。観衆として臨席していたアンリ3世に劇中の登場人物が語りかけるなど，これは観客参加の問題となる。マクゴーワンという研究者は，この事情を「さらに，バレーの制作者たちは，演ずる者にとって，またその参加がバレーの成功に本質的なものである観客にとって，上演は地上の世界への天界の調和の移入，人間の霊魂がひとたびは経験した，初源の調和の再建だと信じていた」と解説している。マクゴーワンは観客参加をいわゆる神話学的理念の反映としているのだが，同じ問題を王権の問題と絡めて語る研究者にデルマというひとがいる。

　　「神話学的広がりを有するゆいいつの人物は，それゆえ，国王である。歳月の流れの中で人間の信仰と期待とを結晶させてきた神

話的人物によって、この高さに担われ、その高い地位の就かなければならないとしても、である。国王はこうした信仰や期待の決定的な継承者かつ到達点として、一夜、出現するのである」

　場の設定という位相で見た場合、このように結論が異なるにしても、舞台と観客の壁が薄かった、もしくは存在しなかった点には、研究者が一致して注目している。それはともあれ、先にあげた『王妃のコミック・バレー』のふたつの成功要因、あるいは特徴はどれほど固有のものであったのだろうか。宮廷バレーはこの作品から突然始まったものなのだろうか。ここで概略的に過去の祭典史の中に位置づける作業をおこなっておきたい。むろん対象は1581年以前のすべての催しを網羅するものではなく、次の作品、すなわち1558年2月のカレー奪回を祝したパリ市当局によるアルゴー探検隊を基軸にした仮面劇（ジョデル企画責任）、1564年2月のカトリーヌ・ド・メディシス指揮下にフォンテーヌブロー（もとはパリに隣接する森で、フランソワ一世がこの地に壮麗な城を作ったことで有名。ここではその城を指す）でおこなわれた牧歌劇（ロンサールの詩作が中心）、1565年6月のバイヨンヌ（スペインとの国境）で催された槍試合を模した仮面劇、1571年のシャルル9世と王妃エリザベート（別名、イザベッラ・ドートリッシュ。1555-1592）のパリ入城を記念した式典、1572年8月のアンリ・ド・ナヴァールとマルグリット・ド・ヴァロワの結婚を記念した機械仕掛けの王侯による演劇等との比較対照であり、遺漏・不備は承知しているが、これ以上の検討は事情が許さない。海容を願う次第である。

1. 催しのおこなわれた場——ジョデルの仮面劇は広間でおこなわれたが、以後、戸外でも屋内でもおこなわれる。物語性を

もつものが屋内でおこなわれたとは限らない。戸外にあっても闘技場，川での舟遊びの要素も含めて，と多様である。
2. 主催者——ジョデルの場合，および1571年のパリ入城式は，パリ市当局であろう。その他の場合は実質的にカトリーヌ・ド・メディシスの意志が反映したようだ。

　責任者——1558年の仮面劇はジョデルであるが，シャルル9世の時代はロンサールやジャン・ドラ（?-1588。プレイヤード派の師匠格），さらに1570年のアカデミー創設以降，ジャン・アントワーヌ・ド・バイフ（1532-1589。プレイヤード派の学識派）がなった。一方1555年からフランスに滞在していたボージョワイユーもアンリ・ド・ナヴァールとマルグリット・ド・ヴァロワ（マルゴ王妃）の結婚式典を境にカトリーヌの意図を代行し始める。
3. 催しの形態——劇的構成の明確なもの，見世物的なもの，舞踏など多様である。ジョデルの場合，アルゴーの仮面劇では，どれほど構成が計算されていたか不明だが，フォンテーヌブローでの塔の攻略は筋立てがはっきりしている。さらにこのとき失われた「悲喜劇」，あるいはセイレーンなどの登場する仮面劇も見え，後年に続く。フォンテーヌブローで何らかの舞踏がおこなわれたのは推測に難くないが，それが単独であったか，他の催しと組み合わされてであったかは不明。しかしバイヨンヌでは仮面劇に取り入れられた。フランスの各州を代表する装いをした少女たちが楽器を持ち，踊ったのに続き，サテュロスが舞踏をおこなった。なお楽器はすでにフォンテーヌブローのときに用いられ，歌の伴奏として使われていた。
4. 装置——アルゴーの仮面劇にも船体や岩が重要な役割を果

たすが，バイヨンヌでの人工の鯨狩りを始めとし，ますます大がかりになってゆく。アンリとマルゴの結婚式の劇はその代表である。

5. 王侯の役割——1558年から王侯は常に，催しで少なくともふたつの役割を果たしている。ひとつはそこで朗唱される詩句に必ず「王誉め」，つまり王を讃えかつ王に期待する詩句が含まれており，唱する者は王の御前にいて，王がこれに耳を貸すこと，いまひとつは記念品を差し出し，王がこれを受け取ることである。仮面劇でもこれはおこなわれたし，入城式のような，より開放的な祭典にあってもなくてはならないものであった。多くの場合，褒める言葉は王妃にも及び，記念品はより幅広い対象に授与された。フォンテーヌブローでの仮面劇では，王ははるかに積極的に働き，2組の英雄たちの戦いを鎮め，また王自身，塔への戦いに臨んでいる。後者のたぐいはその後も見られるが，いずれも王の，あるいは王のみの勇者たることを示すものである。

6. 催しにおける喩的存在——ジョデルもそうであったが，こうした催しに欠かせないのが神話的人物，あるいは寓意的人物である（寓意とはアレゴリーとも呼ばれ，中傷概念を人称化して用いる，喩的技法）。神話喩はキリスト教の文脈でとらえられることがなく，ギリシア神話，ローマ神話に由来する。反面，王誉めにあっては，黄金時代の復興者とする一方で，キリスト教の擁護者とも呼ばれる。寓意的人物にも「徳」，「愛」等々と多様であるが，悪しき「寓意」は用いられない。劇そのものもフォンテーヌブロー以来寓意的である。しかしジョデルの場合はそう断定しがたい。

このように見てくると『王妃のコミック・バレー』の成功の要因と称されるものがあやうい要因であることがわかるであろう。宮廷バレーというジャンルの発端となるような，前史と切断された独自性をこの作品は有していたのであろうか。観客参加をまずあげてみれば，それは決してこの作品に固有のものではなかった。『王妃のコミック・バレー』の9000人ともそれ以上とも伝えられる観客は断じて一般市民ではなかったし，メダルを授与されるのはごく一部の貴族であった。王を讃え，列席者に贈りものをするのは宮廷を中心とする催しの慣行であり，これなしには催しが成立しにくい規範だったのである。
　一方，もうひとつの成功の要因，舞踏をはじめとする音楽，詩などの各要素の調和についてはどうだろうか。舞踏にせよ，音楽をともなった詩にせよ，凝った装置にせよ，これらはジョデルの仮面劇から，あるいは少なくともフォンテーヌブローの祝祭時から存在していた。構成の確定した催しもこのころから見られるだろう。どの催しをも『王妃のコミック・バレー』の先駆者と見なすことができるのは，それらの要素がすでに用いられているからである。とはいえ，前史の記録（残念ながら台本は残っていない）と『王妃のコミック・バレー』を比較する場合，作品の完成度は確かに高まっているのも事実である。先行作品に諸要素が見受けられるにもかかわらず，この作品が宮廷バレーの発端と認められるのはこの完成度ゆえにであろうし，他方「完成度」について言及できるのはそれより劣る先行作品があったからだともいえる。

　　　　　＊

　『王妃のコミック・バレー』を粗いながらも検討してきた今，

ドービニェの父権要求をどう解釈すべきか。ドービニェの後年の言葉に信を置くならば、『キルケーのバレー』の草案がおぼろげな輪郭だけだったとはとりにくい。「ナヴァール王妃を詩のひとつのモチーフ」とし、かつ歌われるべき詩も含んだ「十分に厚い覚書」をカトリーヌに提出した、と彼は言っていた。以下に臆断的な口調で語れば、ある程度完成した草稿が1573年当時、ドービニェの手元にあった。草案を作成しながら、あるいはカトリーヌに拒否されてから、彼は周囲のひとびとや友人たちにその話をしたであろうし、読み上げたかもしれない。そのような事態は決して稀ではなかった。そしてその中に、『王妃のコミック・バレー』の巻頭詩を書いた、その他のカトリック教徒に交じってゆいいつの改革派であった「ヴォリュジアン」という（匿名の？）隣人が加わっていた可能性がある（詳しい考証は省かせていただくが、この前後の文脈に関しては卓越したルネサンス学者フランシス・イェイツを参考にしている）。1576年以降も宮廷にとどまったヴォリュジアンの記憶に、このドービニェの草案は強く印象に残っていた。何らかの記録が彼のもとに渡っていたかもしれない。ボージョワイユーは1581年の催しのさい、それを知り、それを同じく宮廷詩人で『ガイヨン演劇集』の作者、ニコラ・フィユールに活用することを任せたと想像するのは不可能だろうか。ある研究者も指摘するように『キルケー』はおそらく『王妃のコミック・バレー』そのものではなく、フィユールが自らの体験と才能とから再構成したものであろう。けれどもそれはなおかつ、『キルケー』の原型をとどめたものではなかったろうか。かくしてドービニェの父権要求の顛末となるのである。ドービニェの要求は『世界史』にせよ『児らに語る』にせよ、1581年から数えてはるか後年のもの

ではあるが,『王妃のコミック・バレー』の上演直後から両者の類似が, ドービニェに親しい者から指摘されていたのかもしれない。このコミック・バレーの序文に次の一文を見ることができるからである。

> 「わたし自身, 法のことには無知であるけれど, 何者かがわたし自身の企画の盗人たらんとするなら, 剽窃に対して採られた法を求めるであろう。わたしはこれらの企画を, わたしにとって非常に名誉あるものであると考えているし, それはこれらが, この世でもっとも偉大な王妃のお気に召したからである」

この言葉を『王妃のコミック・バレー』を模倣しようとする演出家に対する牽制ととるべきではない。巨額の出費を要するこの種の催しがたびたび企画されたとは考えられないからである。そうではなく, ボージョワイユーがこう宣言するにいたった理由を求めるとすれば, すでに出版当時何らかの, 彼自身の作品が剽窃であるといううわさが流れていたからだ, とするのが妥当であろう。そしてその背景にドービニェの『キルケー』を重ね合わせないいわれはないのである。

第3節 ネラックの宮廷, スタンス集, オード集

マルグリット・ド・ヴァロワ(マルゴ王妃)が南仏はガスコーニュ地方にある都市ネラックに宮廷を構えたのは1578年から1582年にかけてのことであった。王妃が宮廷を構えるということは, 1世紀ののちだったら, 貴婦人が文芸サロンを開くということで

あったろう。事実ネラックの宮廷とほぼ同時期に，ポワトゥ地方の首都ポワチエではマドレーヌとカトリーヌのデ・ロシュ母娘（Madeleine et Catherine Des Roches. ともに1587年に疫病で歿す）が文芸サロンを開いており，当時の文人（その中にはドービニェも含まれていた）がよく訪れていた。またさかのぼれば，イタリア文明の影響をいち早くとらえていた文化都市リヨンの「綱具屋小町」こと，ルイーズ・ラベ（1524 ? -1566。フランス16世紀きっての女流詩人）がサロンを開いていたこともよく知られている。マルゴ王妃はその『覚書』からもわかるように，古今の文芸・言語に明るく，自らも文章をしたためていたため，閑暇を慰めるために周囲に文人を集めていた。一時不仲にあった夫，アンリ4世との友情も復活し，文人たちからの消息を得ようとしていたマルゴ王妃に愛想よく迎えられたドービニェは，このときのことを回想して『児らに語る』で次のように書いている。

「（1580年）ナヴァール王は，罪滅ぼしの優しい言葉と約束をふりまいてドービニェを迎え，王妃も，彼女がこのネラックの宮廷で見出せぬものを彼から期待して，たいへん親しげに彼を招き入れた。そしてしばらくして，ナヴァール王が要塞明け渡しの期限のことで，戦争をやる決心をつけようとしたとき，その討議に呼ばれたのはド・テュレンヌ子爵（1555-1623），ファヴァス，コンスタン（ジャック・ド。1547-1621。改革派軍人にして恋愛詩人）それにドービニェだけだった。この5人のうち4人までが恋をしており，彼らは自分らの色恋を会議と取り違えて，戦争のことを協議した」

マルゴ王妃のネラックのサロンの最大の成果は，現在パリのフランス改革派歴史教会図書館に収められている手択本の『詩歌の

アルバム』（以下『アルバム』と略記）であろう。この『アルバム』の重要性は19世紀の半ばから指摘され，さまざまな16世紀研究者が活用してきた。筆者自身もこの図書館に通い，時に読みやすく，時に判読しがたい（これは稀であったが）筆跡の異なる手択本とつきあってきた（幸いにも2010年になって校訂本が刊行されたので，若干〔？〕の誤解を覚悟すれば，一般の愛好者にも接近できるようになった）。この『アルバム』には長短あわせて218篇の詩歌が収められており，その多くの詩篇の余白に誰の詩であるか，指示がなされている。その中に燦然と輝くのがドービニェの存在で，彼の名前が指示された詩は80篇にのぼるのである。それらのうち55篇はウジェニー・ドローが編纂した『春』の第2巻（「スタンス編」および「オード編」）にすでに収録されており，10篇はレオームとド・コーサッド共編の『全集』第3巻と第4巻に収められている。つまり80篇に対して65篇の真性が手択本の対照から保証されており，残りの15篇の真性にも希望を抱かせる数字となっている。15篇のうち12篇はファン・ベヴェールが編纂した『ドービニェ詩選集』で，また2篇は『全集』の詩歌篇ではないところに収録されている。つまり欄外の著者指示が正しければ，1篇を除いてみな既出の作品であることになる（この点では『アルバム』の編集者に見落としがある）。

　上記のとおり『アルバム』の主役はドービニェである。のちに『悲愴曲』や『諷刺的離婚』で徹底的にやりこめるマルゴ王妃ではあるが，後述するように，それらの筆に果たして勢い以外の何かが存在したのかどうか疑わせるほどに，『アルバム』に集約されるネラックのサロンに，ドービニェは積極的に参加した，と見るべきであろう。事実，ドービニェ以外にも10篇から20篇の作

品を提供している詩人もいるが（たとえばジャック・ド・コンスタンやフィリップ・デポルト，サロモン・セルトン〔1552？-1620〕），彼らの力量はドービニェにはとうてい及ばないし，引用するに値する作品は残していない（とくにセルトン）。以下にドービニェの詩を3篇ほど引用し，『アルバム』とドービニェの「恋愛詩」の紹介としよう。

「わたしはあなたに対して神の復讐を懇願する，
　定めない偽りの宣誓にして忘恩の敵よ，
　あなたの憎悪をわたしの眼を失うまでして溺れさせるのに，そして
　あなたの酷さに正反対のものをあてがうのに，また
　あなたの額をわたしの卑下によって慢心させるのに，さらに
　あなたのうちに美だけを讃えるのに飽いてしまったのだ。
（中略）
「謂れのない怒りにまかせてあなたはわたしの青春の果実，
　花々を凍らせてしまった。そしてあなたの灼熱の傲岸さは
　わたしの苦役の希望，額の汗，
　わたしの淡い希望を足元に踏みにじる。
　わたしはやつれ，過ぎゆく鳥たちが
　罰を受けないまま，わたしの花開く苦行を台無しにしてゆくのを
　　目の当たりにする。
「あなたの美しさを戦利品として略奪した者は，
　あなたの顔を見据えるわたしのようには苦しまなかった。
　そうではなくあなたの逆上した悦楽に抗しがたい力を振いながら
　　だった。
　その者はわたしのように自分の心を生贄としてささげることな

第4章 ｜ 『悲愴曲』までの道のり

く，

　　力を誇示し，豪胆さをしめすために君臨する。
　　勝利をおさめたあなたに対してその者は勝利者となったのだ。
　「その者は移り気に愛すが，そのことはあなたを完璧にするもの
　　だ。
　　なにごとにせよ定められたものはけっしてあなたの気に入りはし
　　なかったし，
　　わたしはこうしたことのうちにあなたの愚かな愛情を読み取る。
　　だれもがいつにせよ自分に類した者をさがそうとするなら，
　　わたしはあなたを，わたしと反対のものであるから，あなたを避
　　けるよう学ぶだろう。
　　死よりもわたしの信念を失くすことを恐れているのだから。（後
　　略）」（『春』より，スタンス集「第14」）

　この短篇詩の例でどれだけおわかりいただけるかどうか不安の限りだが，スタンス集の特徴は激しい言葉をたたみかけ，激しい感情をどのように表現するか，まさにそこに存すると思われる。愛人に対する思いが強かっただけにいやます憎悪と呪詛を吐きだしている。ソネ集の前半に見られたような愛を育んでいこうという肯定的な姿勢はまず見られない。「あなた」がディアーヌを指すかどうかさえ不明であり，『春』の校訂者アンリ・ヴェベールのいうように，婚約を破棄したディアーヌと恋敵に対する怒り狂った嫉妬心の叫びと，具体的に「ディアーヌ詩篇」の連環の中にあると断じていいかどうか，わからない。だが次の詩篇ではディアーヌがはっきりと名指されている。

　「恐ろしい墓場の骨のうえに悲痛な恋人，愛情に渇ききった心を
　　もつ

悲惨な遺骸，そしてその死せる霊魂ゆえに

死者のあいだに数えられる

動かないからだを見るであろう者は，

「もうひとつの身体のために己の身体に敵対し，

わたしを霊魂のないまま，生命もなく死ぬこともない状態に残して

彼女を追って暗い墓に疾駆させる

己にさからった霊魂の運命を嘆くがよい。

「墓場のへりに足しげく通うデーモンよ，

わたしを助けてくれ，わたしの霊魂についての知らせをわたしに告げてくれ，

さもなくば死に瀕しても滅びることがなかった死にたえた愛情を

あがめながら，霊魂がつきしたがう骨をわたしに見せてくれ。

「ディアーヌよ，あの美しい顔の輪郭(かんばせ)はどこにあるのでしょう。

なぜわたしの眼差しはかつて見ていたようにあなたの雅を見ることがないのでしょう。

あるいはなぜ霊魂の眼は，より生彩がありより力強いのに，

あなたを目の当たりにして，あなたの死のうちに死のうとしなかったのでしょう。

「彼女はもうこの世にはいない，おお，わたしの盲目の霊魂よ，

霊魂が天に昇ったとき，身体も天に飛翔した。

わたしの心，私の血，わたしの眼は死者のあいだに，

彼女の心，彼女の血，彼女の瞳を見つけただろうに，もし彼女の身体がそこにあれば。

「もしおまえが永久に永劫の炎で焼かれるなら，

わが霊魂よ，永久にわたしはおまえをもたない身体となるだろ

第4章 | 『悲愴曲』までの道のり

う,

墓はわたしが自分の叫びで戦慄するのを見ることだろう。

それは愛する精神の恋する伴侶なのだ」

(『春』より, スタンス集「第19」)

ディアーヌ(ほぼ間違いなくディアーヌ・サルヴィアティ)の死後読まれたこのスタンスには,まがまがしい情景と死の強迫観念があふれている。こうした主題はスタンス集をつうじて眼に留まるであろう。要するにスタンス集に現れた恋愛詩の特徴は,激しい情念,激しい情動を,ドービニェ以前の詩人たち——たとえばそれはロンサールであり,ロンサールの地位を奪ったデポルトである——なら,あるときは華麗に,あるときは清澄に歌ったであろう情景や物語の代わりに,荒涼とした心象風景の中のいびつな美しさに乗せて歌ったことにある。これに比べればオード集の歩みは軽快でさえあり,以下の詩篇は恋人(ディアーヌとドービニェとは限らない)間の軽妙な言葉遊びで,詩の流れを組み立てている。

「あなたはおっしゃる,ぼくの心がうつろいやすく,

ぼくが心変わりせずにはおつかえしないと。

だがどのようにしてぼくが砂の上に

確かな礎をつくることが出来るのでしょう。

「あなたはぼくの冷淡さをいいつのる。

でもぼくは火から出来ているというのに。

火は木なしには燃えることができないという

そうした性質のものなのです。

「どのようにしてあなたは,ぼくの熱意があなたのうちに

場所を見出せるようにさせよ,とお望みになるのでしょうか。

火は氷を燃やすことはできません,

そうではなく氷は火を弱めてしまうものなのです。
「木とはそのようなもの，炎とはそのようなもの，
美しさとはそのようなもの，熱意とはそのようなもの。
身体はその霊魂に相似て，
しもべは奥方に相似るもの。
「反抗的な方々よ，あなたがたはお知りになりたいのですか，
だれがかくも多くの熱気を溺れさせたのかを，
そしてかくも多くの生き生きとした火花を溺れさせたのかを。
それはぼくの涙の川なのです（後略）」

（『春』より，オード集「第19」）

　　　　＊

　——そう，おそらくドービニェは『兒らに語る』で触れている以上に，マルグリットと親交があり，そして宮廷詩人だった時期を有していたのだ。後年マルグリットに対し批判的になったとすれば，そしてそれが党派的な文章の要求する以上のものであったとすれば，それは多分，ドービニェがこの時期，過度に「宮廷詩人」であったからではあるまいか。であるとすればそれもまた後の強硬改革派軍人にして歴史家，そして詩人アグリッパ・ドービニェを形成するのに一役かったというべきであろう。

第4章　｜　『悲愴曲』までの道のり

第5章

『悲愴曲』とその異本文

現在ではアグリッパ・ドービニェの長篇叙事詩『悲愴曲』はフランス・バロック文学の代表格として見なされており、フランス本国の教員資格試験の論述問題に顔を出す常連となっている。しかしこの傾向はここ20年ほどのことで、筆者がドービニェと格闘を始めた三十数年前は、1930年代に刊行されたアルマン・ガルニエの膨大な4折判3巻本の『アグリッパ・ドービニェとプロテスタント党派』で簡単にこの叙事詩に触れており、その他にはやがて筆者の指導教官となるパリ・ソルボンヌ大学教授ジャック・ベルベの国家博士論文が1篇、『悲愴曲』と『世界史』の関係を中心にこの長篇詩を論じていただけだった。詩的側面に限っていえば、アンリ・ヴェベールという、これも学会の重鎮（40年を経た現在でもそうだ）が『16世紀における詩的創造』と命名された、これも大部の学位論文の最終150ページを割いて、『悲愴曲』の詩的価値を訴えているだけだった。アグリッパ・ドービニェには19世紀の近代批評の創始者サント゠ブーヴが残した著名な「もしひとつの世紀を一個人のうちに人格化することが許されるなら、ドービニェはひとりで彼の属した世紀の生きている見本、その世紀を要約するイメージになりうるだろう」という評価が1世紀半にわたって語り継がれてきたが、その評価にふさわしい研究にはなかなかめぐりあえなかった、というのが実情であろう。本章では『悲愴曲』の成立史と梗概をまずお話しすることにしよう。

第1節　『悲愴曲』の成立過程

　1577年，第6次宗教戦争のさなか，改革派軍に参加していたドービニェは，とある敗色濃厚な戦闘で落馬し，重傷を負った。「この戦闘から戻ったドービニェは，その傷のために病床に臥したが，外科医までがそれらの傷を致命傷と見立てたので，その土地の裁判官に，彼の『悲愴曲』の冒頭の何行かを口述筆記させた」(『児らに語る』より，成瀬駒男訳)。この口述筆記が『悲愴曲』のどの部分を指すのか不明だが，1577年以降，とくに1578年以降断片的に，しかし精力的にこの長篇詩が幾層かにわたって叙述されたことは指摘されている。その幾層にも重なる執筆史（あるいは口述史）をまとめることは煩瑣に過ぎ，また専門的にもなりすぎるので本書で取り上げるのは不可能だが，中でも顕著なのが，1616年に刊行されたいわゆる「初版」本とそれに加筆（および訂正・削除）されて，おそらく（最近の説では）1627年から1630年の初期のいずれかの時点で刊行された「再版」本 (s.l.n.d. 版とも呼ばれる。s.l.n.d. とは刊行年度・発行地が記されていない版のこと) との異本文で，約1万行からなる再版本のうち1000行近くが付加的異本文になっている。

　ちなみに「異本文」とは別称「異本」で，これは本来「流布本に対して，それと同一の書であるが，多少文字や語句に相違するところがある伝本。異本の成立は『源氏物語』などの場合は書写の過程で生じたものであるが，劇作品の場合は作者の自筆原稿，上演用台本，舞台事情による改作のほか，剽窃版などの存在があ

る，異本の比較対照はテキスト・クリティックの重要な部分をなす」(『ブリタニカ国際大百科事典』)とされる。上記の引用のうち「劇作品」を「(文学)作品」に置き換えればここでいう「異本文」の定義となる。なお本書で「異本文」という名称を用いたのは渡辺一夫の学位論文に『François Rabelais研究序説——*Pantagruel*異本文考』とあるのをとったもので，この章(およびこれに続く章)のもとになった筆者の修士論文(の一部)では「異文」という語彙を用いた。『大辞林』によると「異文」には「異本で，他の多くの本と違いのある本文」の意味があるという。これも補足になるが「テキスト・クリティック」は「原典批判。歴史的文書の原典を画定するための文献学的作業。資料の整理，分類，現存テキスト間の異同の比較対照，文字の読解，誤写の修正，文法的形式および意味内容の面からする文章の続き具合の検討，真偽の判定，年代決定などがそのおもな内容である。近時では真偽の判定や年代決定に際しては，文章統計法や文体測定法，さらには素材の物理的，化学的分析など，種々の科学的方法も導入されている。本文決定にいたる原典批判は文献解釈の必然的前提であるが，それと不可避的に関係し，解釈が逆に原典批判に影響を及ぼす場合もある」(『ブリタニカ国際大百科事典』)と説明されている。本書の異本文分析にあてられた章の原案は，40年近く前の筆者の修士論文であるが，その当時田舎者で，ほとんど徒手空拳でドービニェと向かい合っていた筆者は，渡辺一夫の学位論文が模範として存在したことすら知らなかった。こうしたテキスト・クリティックなどという術語も筆者が修士論文を提出したころには存在していなかった。

　閑話休題。さて『悲愴曲』であるが，現在用いられている版の

ほとんど「ガルニエ=プラタール版」と称する人為的な刊本である。「人為的」という意味は著者ドービニェの意図とは無関係にアルマン・ガルニエ（既出）とジャン・プラタールという二人の研究者が20世紀前半,『悲愴曲』初版と再版ならびに手択本（彼らがいうところの「ジュネーヴの手択本」。通称「トロンシャン手択本」。ちなみに「手択本」とは元原稿・あるいはそれ以前に刊行した印刷本に著者等が書きこみをした原稿）を融合して「最良」と二人に思われる新しい刊本を作ったからだ。ドービニェ自身は『悲愴曲』の再版の巻頭,「印刷業者」の名を借りた「読者へ」と題された序文で,「われわれは著者が再版を気に入るようになるだろうとさえ考えている。再版においては（初版の）欠陥が満たされているのみならず, いくばくかの註釈をつうじて非常に難解だった箇所の説明がなされることだろう」と述べている。このような自画自賛がある以上,「再版」以上のものを提出しようとした意味はいったいどこにあるのだろうか。答えはドービニェの遺言のうちにあった。ドービニェはその遺言の中で「友人諸氏には書物の保存と, 時宜にかなっていると思われるならば, わたしの『悲愴曲』および他の作品の新たな印刷を願うところである」と語って,『悲愴曲』第3版の草稿の存在を暗示していたのである。このドービニェの遺志に答えようとしたのが, レイモン・ファンローという16世紀学者で, 彼がトロンシャン手択本を底本に, 初版と再版の異本文を註釈のうちにつけた校訂版が最近刊行された。ただこのトロンシャン手択本を底本に採る場合, 微細化した専門的な知識が必要となろうし, そうなれば浅学非才の筆者の手に余る（私見を述べさせていただければ, もし専門的な接近が許されるなら, 初版と再版, トロンシャン手択本を併置して検討するのが理想だろう）。先走っていうなら,

筆者の底本はガルニエ゠プラタール版とし，以下の詩行指定はこの版にもとづくものとする。したがって，筆者の異本文の検討と意味づけは1616年刊行の『悲愴曲』初版と，それから11年後ないし13年後に公刊された再版との間の差異をもとにおこなわれるだろうし，綴字法の変化，もしくは誤りの訂正などは対象としないであろう。だがまだそれらに触れる前に，語っておくべき事柄がある。

第2節 『悲愴曲』の梗概

これまで『悲愴曲』というタイトルだけ出して，「諷刺詩」だとか「叙事詩」だとか，一般的な形容で済ませてきた。しかし邦訳が，わずかな部分訳を除いて，ほとんどない以上その梗概を述べずにこれ以上先に進むのは許されることではあるまい。『悲愴曲』は「序詩」,「悲惨」,「王侯たち」,「黄金の間」,「火刑」,「剣」,「復讐」,「審判」の全8部から成立している。以下にその各部の概要を示す。

1 | 「序詩」

ドービニェは『悲愴曲』を人格化し,「子」として呼びかける。「父」ドービニェは滅びようとしているが，その代わりに「わが子」よ，おまえは生きるがよい。貧しい衣装（装丁）でも勇気を失うな。匿名の出版であることを訊かれたら,「真理は人目につかぬ場所で出産するのが習わし」と答えよ。おまえを好意的に迎

えるひとりに対し，百人がおまえを焚書にするだろう。だがわずかな善人に気に入られることを目標とせよ。『春』（ドービニェは『春』と呼ばず，「長子」と呼ぶ）は「より美しいけれど知恵の回らぬ者」，その愛の火は「明るくするよりも燃やす方に適して」いた。「わたしは自分の狂気を殺したかった」。「この子供（『春』）はわたしの気に染まないものとなった。ひとを喜ばせるものだったので」。「一方は悔恨のうちに誕生し，わたしの好みのままに清く，十分美しい。他方は忘却の墓の中にわたしの狂気を埋めている」。ドービニェはアルビ派の抵抗を讃える（アルビ派は12世紀初頭，教皇の命令で絶滅されたマニ教の流れを汲む異端。改革派はローマ教皇との対立ゆえに，自分たちの先駆者と考えていた）。アルビ派に対しては訓練された兵士たちも役に立たなかった。「国王の勇敢な将校たちの経験もなんの用もしなかった。彼らは恐怖を抱いた，どんな風に，そしてなぜ自分たちが逃げているかを知らずして」。そして「序詩」の最後は再び『悲愴曲』に対する呼びかけで終わる。

「おまえは正統に生まれた。

神御自らが主題を与えられた。

わたしはおまえを『教会』にだけささげる。

おまえの支えは公正，

企ては真理，

代価は不滅」（409-414行）

2 | 「悲惨」

この巻は導入部（1-190行），「荒涼たるフランス」（191-682行），「悲惨」の原因（683-1272行），復讐の祈願（1273-1380行）の4部に分かれる。

❶ 第1構成部分——導入部

　先に「序詩」を除いた『悲愴曲』の冒頭4行，すなわち「悲惨」の巻の次のような冒頭を紹介した（35ページ参照）。

　　「イタリアの怪物，ローマの軍勢を
　　攻撃しなければならないのだから，ハンニバルのようにことをなす必要があるだろう，
　　ハンニバルは苦いワインをかけられた火をもって
　　焼けつくように熱くなったアルプス山脈に通路を割って作ったのだ」

　しかしこれに続く2行もドービニェの決意のほどを語って，忘れがたい。ドービニェはこう言っている。「わたしの火と燃える心，わたしの鋭く強い気質は7つの山を横切り扉の代わりに割れ目を作るのだ」。この決意表明はまた，『悲愴曲』の作成と神への訴えが重要な関連を有するとの言表にも及ぶものである。

　　「このたいそう神聖な熱情でわたしを燃え上がらせてください，
　　そして
　　（わたしを蝕む火にすべて焼き尽くされ，
　　あなたのしもべたるわたしが，情念なくして怒りに夢中になることはないのですから），
　　わたしがあなたの真理に適う者でありますよう。
　　さらにわたしの持つペンが，あなたが与え給うがゆえに，
　　あなたを讃える以外には使われませんように」（49-54行）

　導入部でいまひとつ重要な箇所はフランスの喩として海に浮かぶ船をとったことだろう。

　　「フランスはだからまた，風や岩，水に
　　傷つけられながら二人の敵を乗せた船に

似ている。一方はその部隊とともに船首を維持し，

他方は船尾に引きこもっている」(179-182行)

のちにさまざまな形式下に展開されるフランスの喩の，これはひとつの原型であって，この箇所にいたり導入部はその役割を終え，ドービニェ，その対立者，神，「フランス」といった『悲愴曲』を構成する基本的因子がほぼ導入し尽くされたことになる。この点でこの部分は単に「第1巻・悲惨」の導入部だけでなく，そもそも「悲惨」が他の後続する6巻の冒頭に置かれているわけだから，『悲愴曲』そのものの導入部ともいいうることになる。

❷ 第2構成部分──「荒涼たるフランス」

導入部を受けた詩句で，まず一般的なフランスの荒廃が，平和のうちに田園で暮らす農民と，農民を襲う戦乱という，まことに象徴的であり，かつまことに説得力を有する描写によって告げられる。フランスの「大地」に愛されている農民を苦しめるのは「獣のごとき人間」であり，その「狼」によって虐殺がおこなわれ，流血の悲惨が生ずる。虐殺と流血はドービニェ自身が体験した（と称する）個人史にもとづいて，具体的な相のもとに提示される。家族を殺され，自らも息を引き取ろうとしている農民の描写は，イメージの膨らみやリアリティとともに，心の深奥から湧出する怒りをもって，『悲愴曲』全詩篇の白眉のひとつに数えられるだろう。その後この部分では一般的記述に戻るが，「王侯」と「暴君」，「古代人」と「現代人」といった真の価値と負の価値を代表する対概念がその中心になる。

❸ 第3構成部分──「悲惨」の原因

この部分はまず「傲慢な」フランスへの呼びかけから始まる。天には厄災の兆しである彗星が姿を現す。ドービニェはこの厄災

第5章 │ 『悲愴曲』とその異本文　　117

の現況が外国人でありながらフランスを支配するカトリーヌ・ド・メディシス，およびその協力者ロレーヌ枢機卿であると指摘する。ドービニェにとってこの二人は，神に対立・反逆する悪魔の配下，黒魔術に精通する「狼」なのである。フランスにおけるすべての悪と悲惨はこの二人に集約される。ドービニェはこの「狼」たちに次の言葉を語らせている。

「わたしは事実を虚偽となし，不正から正義をつくる。
わたしは瞬時に罪人を救済する。
わたしは罪人の一隊をいっきょに天に住まわせる。
わたしは泥濘から国王をつくり，国王を泥濘の中に追い落とす。
わたしは聖人をつくり，天使はわたしのもとに服するのだ」

(1238-1242行)

❹ 第4構成部分──復讐の祈願

この箇所では上記の不正・邪悪に対して神の復讐がおこなわれるよう，祈願がささげられる。つまり「フランスの『悲惨』に責を負うべき非自然的な権力すべてに対する神の復讐」(ヘンリー・ザウワーワイン・ジュニア『アグリッパ・ドービニェの「悲愴曲」：構造と詩的方法の研究』)への祈願である。この復讐祈願をもって『悲愴曲』の叙事的要因はほぼ出そろう。すなわち，ある讃辞作家によれば，「単調でひといきに読破するのは難しいにせよ，時として驚嘆にあたいする美のきらめき」を有する『悲愴曲』とは，これらの要因をさまざまな位相，さまざまな視点から描き出す，総体的な展開なのである。

3 |「王侯たち」

この巻は導入部 (1-102行)，王侯批判 (103-1098行)，「幸運」と

「徳」(1099-1486行),「偽りの者」への非難（1487-1560行）に分けられる。

❶ 第1構成部分――導入部

この箇所でまずドービニェは,「蛇」の棲むヴァロワ宮廷に真実の光を射かけようとする。

「一矢のような生き生きとした光線で,

巣窟のほこら(うが)にいる昂ぶったピトン（大蛇）を穿ちたい。

毒で充満した大気で天を暗くする

悪徳の地獄に風をとおしたい」(1-4行)

これが「王侯たち」の主題である。第2構成部分ではこの主題が描写的に叙述されることになる。

❷ 第2構成部分――王侯批判

ここでドービニェが攻撃の矛先を向けるのは,①追従者,②女衒,③ヴァロワ王侯自身,④アンリ三世の「寵臣」である。こうした対象に攻撃の矢が向けられるのは,もちろん「王侯たち」の手で「悲惨」がフランス全土を覆っているからであるが,他方ではドービニェが宮廷に,そして王侯自身のうちに,「真」に対立する「偽」の,「さかさまの世界」の存在を認めているからでもある。この「さかさまの世界」とは,ザウワーワインの言を借りれば,「『悲惨』に責任を有する王侯の弱点とは,筆者の知るところでは,これらの王侯たちが自らの『性』を仮装させ,男性らしさの資格を堕落させたという点から導かれる」のである。

❸ 第3構成部分――「幸運」と「徳」

ここでは上記の悪徳を代弁して「幸運」が,ドービニェ自身が属する「真なるもの」を代弁して「徳」が,地方から宮廷に仕えるため上京した素朴な青年にそれぞれ語りかける。昼に目の当た

りにした，華麗でありながら虚栄と偽善が支配する宮廷生活に対する怒りと困惑を抱く青年にまず出現するのが「常ならぬ愛情の母」，「幸運」である。宮廷での成功を目的とするなら「偽」の価値，悪徳を励行しなければならないと説く「幸運」の言葉に我慢ならず出現した「徳」は，宮廷を離れ幸福な「真」の生活を送るためにおこなわなければならない数々の徳目を指し示す。

　「さて，そこで，おまえは忍耐によって
　労働には休息を，危険には安全を見出すであろう。
　ゆけ，幸福な者よ，わたしはおまえの相談役であり，おまえの救
　　いである。
　かくも長い話でわたしはおまえの勇気をくじけさせてしまう」

(1483-1486行)

❹ 第4構成部分——「偽りの者」に対する非難

　最後にドービニェは自身の言葉をもって宮廷を非難し，「無垢の魂」をもつ者に，その魂を宮廷に「埋葬」せぬよう勧告して，この巻の結語としている。

4 │「黄金の間」

　この巻は導入部 (1-160行)，「黄金の間」の「悪」(161-524行)，宗教裁判の歴史 (525-694行)，正義の復活 (695-998行)，復讐の祈願 (999-1062行) に分割される。

❶ 第1構成部分——導入部

　この巻の導入部は叙事的，物語的である。地上から追放された「正義」と「敬虔」の二人の寓意的人物が，天の神のもとに，地上の嘆かわしい状況を訴えに来る。それを聞いた神は激怒して地上に眼を向け，「黄金の間」，すなわち高等法院に巣食う悪徳の寓

意化された群れを見出す。ちなみに，繰り返すことになるが，高等法院とは立法機関でなく，日本の最高裁判所にあたる。

❷ 第2構成部分——「黄金の間」の「悪」

導入部を受けたこの箇所では27の「悪徳」の描写が中心となる。この部分は「黄金の間」のひとつの中心であるといって差し支えない。ふたつほど例をあげる。

「しかし，あつい瞼の下にくぼむ黒い眼の，

かくもふんぞり返った長い頭はだれであろうか。

もしそれが，年経るごとにいっそう強くなると信じ，かつ実際そうである，

暗く，青ざめた顔つきの『復讐』でないとすれば」（329-332行）

「これまた『怒り』の協力者『憎しみ』は

あまりに寛大と思われる意見を罰し，

主人や首長のために脅迫する。

激しさの点でゆきすぎない者は罪人か裏切り者なのだ」

（391-394行）

❸ 第3構成部分——宗教裁判の歴史

この箇所では先行する詩句とは対照的に，きわめて現実的な筆致で歴史的事件としてのスペインの宗教裁判の様相，キリスト者の迫害が描かれている。詳細は略す。

❹ 第4構成部分——正義の復活

上記の歴史的事件としての不正を受けている。ここでは「善き判事を率い，悪しき裁判官を背後に引きずって，事態の正当，かつ自然な状況での支配的徳として，『正義』が正しかるべき地位に再び就けられた」（ザウアーワイン，前掲書）。さらにこの箇所では，悪の代表者たるカトリーヌ・ド・メディシス（もちろんドービ

ニェの観点，しかも『悲愴曲』を執筆・口述しているドービニェの観点による）と対比された，英国女王エリザベスへの言及があることも忘れられない。

❺第5構成部分——復讐の祈願

「黄金の間」の巻は，神に向けられた祈り，地上の復讐のために来れることを祈る声により，「文学的にではないにせよ，感動的に」（ザウアーワイン，同上）その幕を閉ざす。

　「この神の竪琴を響かせた手は

　ペリシテ人のゴリアテ（ダビデに倒された巨人）を倒し，

　決闘においても，戦闘においても，預言的な詩句においても

　宇宙の円の中に匹敵するものを見出さなかった。

　「この手のようにわたしたちは叫ぼうではないか，『主よ，いそいでいらして下さい，

　罪ある者があなたの『教会』を壊します』と。

　『いらして下さい』，と聖霊は言う，『あなたのひとびとを守るために馳せ来たって下さい』

　『いらして下さい』，と花嫁（教会のこと）は言う，そしてわたしたちも花嫁とともに，『いらして下さい！』と」（1055-1062行）

5 │「火刑」

殉教者，その「春」（1-718行），殉教者，その「夏」（719-1226行），殉教者，その秋（1227-1420行）。

「『悲愴曲』の雄大な叙事詩の軸を形成する」（ザウアーワイン，同上）「火刑」の巻をきわめて概略的に分別すると，上記の3部分が現れる。

❶ 第1構成部分――殉教者,その「春」

　この巻の第1部はドービニェ自身が「殉教の春」と呼ぶ,1560年以前の殉教者の描写にささげられる。ここで述べられる者は信仰と祈りのために死を選ぶひとびとである。

　　「かかるひとびとが,剣ではなく祈りで武装する,
　　この時代のシオンの羊たちである」(711-712行)

　ここでの殉教者の中には,フス(ヤン・フス。1370?-1415。ボヘミアの宗教改革者。ローマ教会に破門され,騙されて焚刑に処せられた),プラハのヒエロニムス(1360?-1416。前記ヤン・フスの弟子。師匠とともに処刑された),英国の殉教者たち,ブラジルの改革派植民地の殉教者たち,イタリアのジョヴァンニ・モンタルチーノ(1553年にローマで火刑にされた異端ロンバルディア人)などの名前があげられている。

❷ 第2構成部分――殉教者,その「夏」

　ドービニェは,ここでは宗教的信念により迫害されて死にいたるひとびとのみならず,「軍勢のただなかで」信仰のために戦い,生命を落とす殉教者たちを描写する。

　　「あなたたち,ガチーヌとクロケよ,墓から出てきて下さい。
　　ここにわたしはあなたたちの輝き麗しい頭を植えつけます。
　　あなたたち二人の真ん中に,わたしはあなたたちの共通のお子,
　　変わらぬ心の美しい鏡,かの少年を据えるでしょう」

(719-722行)

「すでに破壊されたこれらの肉体を火で脅かしたこと,
おお,これらのひとびとにより何と火は軽んじられることか!
これらのひとびとは戦場で戦い,戦闘的なその魂は,
戦いにおもむくために天幕に火をつけたのだ」(1223-1226行)

第5章 ｜ 『悲愴曲』とその異本文

この箇所における殉教者はガチーヌやクロケといった信仰のために死んだ父子（1569年），聖バルテルミーの虐殺で生命を落としたひとびと，さらにはカプチン会修道士たちである。

❸第3構成部分——殉教者，その「秋」

　これは殉教の秋に相当するが，たとえばそこにはベルナール・パリシー（1510？-1589/90。改革派の陶工）などの名前が散見され，殉教者群のリストを完璧なものにする。フランス人なら誰でも知っている有名な一節が書かれたのもこの部分においてである。

「教会の春と夏は過ぎ去り，

けれど緑の芽よ，あなたたちはわたしの手で集められ，

最後に，そしてあとになって姿を見せるものであっても，

かくも新鮮，かくも精彩ある花を開くことでしょう。

（中略）

秋の薔薇は他のものよりもかぐわしく，

あなたたちは教会の秋を喜ばせたのです」（1227-1234行）

　この箇所はすべての殉教者に対する呼びかけで幕を閉ざし，最後に神の怒りと，それと対比され，地上の暗黒が映しだされる。すなわち「第5巻・剣」への移行を示す詩句である。

「地は濃密な盲目で暗くなり

天は幸福な充溢で光り輝いた」（1419-1420行）

6│「剣」

　神と悪魔の対話（1-192行），宗教戦争（193-704行），聖バルテルミーの虐殺（705-1194行），勝利の預言（1195-1446行），「海」（1447-1560行）。

❶ 第1構成部分——神と悪魔の対話

「剣」の巻の導入部は天上での神と悪魔の対話，およびそれにともなう両者の賭けを神話的かつ寓意的に描いている。この対話は地上世界への超自然の介入として「第5巻・剣」以降の3巻の主題や描写が，寓意表現や写実表現から離れて，次第に超自然的なものへと移ってゆく経過の発端であることからも，また，宗教戦争の表現である「剣」の巻の詩的構想を導入し，正当化する役割を果たすことからも，さらにフランスに「悲惨」と腐敗をもたらす原因が想像世界の中で把握している点からも，重要であるということができる。とくに最後の点について引用すれば，ドービニェはカトリーヌ・ド・メディシスと悪魔との関係を以下のように想定している。

「悪魔が到来するにあたって最初に認めたものは，

当時フィレンツェのペストであったカトリーヌが設計した豪奢な建築物の準備であった。

（中略）

誘惑する蛇は

この王妃のなかにもぐりこんだ」（193-198行）

❷ 第2構成部分——宗教戦争

ここでは宗教戦争の中から選びだされたいくつかの事件がトピックとして語られる。こうした事件は，地上に実際に生起した紛争を反映した描写であるが，他方，すでに述べたような悪魔の介入や，これらの紛争が天国の壁に描かれた壁画であるとする詩的設定から，奥に潜む超自然の存在を確認しておく必要があるだろう。

「幸福なひとびとの眼は壁画のなかに，一本の絵筆が

出来る以上のものを認め，物語のなかに

抜刀された最初の剣や，多くの国々を

ひとつのことがらで燃やした情念を読み取る」(319-322行)

❸ 第3構成部分――聖バルテルミーの虐殺

この箇所は宗教戦争の延長と考えても差し支えない。戦争のもたらす人間の残酷さとその引き起こす虐殺とは，この日の情景描写をもって頂点に達するのである。

❹ 第4構成部分――勝利の預言

再び超自然に主題が接近する。ここでは天使が登場し，ドービニェ自身と対話をし，改革派信徒の究極の勝利が，確信をもって告げられる。

「あなたはわたしに示されました，おお，神よ，あなたに仕える者が，

あなたのために生命を失うことで，生命を救うのだということを」(1431-1432行)

❺ 第5構成部分――「海」

ここでは「大洋」が「自然」の象徴として語り，かかる宗教戦争によって破壊され，血ぬられた「自然」の嘆きと怒りを訴える。さらにこの箇所の終末は，「第5巻・剣」に後続する「第6巻・復讐」や「第7巻・審判」を予測させる。

「剣は空中にさらされる。どれほど神が

折りよく復讐と審判をなさるか知るために，来てみなさい。

おまえたちは神の怒りが必ずしも眠れるものでないことを知っていよう。

おまえたちは神が立ち上がり，こうしたことをもたらし

或る者には天国の保証，あとの者には地獄の保証である，

熊葛と鉄の棒を分けるのを見るであろう」（1559-1564行）

7 |「復讐」

導入部（1-140行），復讐「古代」（141-448行），復讐「近代」（449-680行），復讐「現代」（681-1108行），「審判」への移行（1109-1132行）。

❶ 第1構成部分──導入部

導入部ではドービニェの詩作活動での願望と，個人史の回想・反省を扱っている。あるいは青春期の想起であり，

　　「悪がわたしのうちで芽ぐみ，悪徳はわたしの内で花開く，

　　罪の春，とげとげしい悪意」（33-34行）

あるいは「書く」という行為に関してである。

　　「わたしは『神』というこの勝利を得る名に宛てて

　　老人の夢，子供の怒りを書きつづる」（63-64行）

❷ 第2構成部分──復讐「古代」

神の復讐についてまず語られるのは「原始教会」時代のものである。ここにはカイン，バベル，ソドムとゴモラ，イゼベル，さらにネブカドネザルの名前を見出すことができる。

❸ 第3構成部分──復讐「近代」

ここでは古代に史的に後続する「初期教会」時代，および近現代の迫害者に対する復讐がかなりアト・ランダムに述べられる。ヘロデ（前73-前4），教皇パウロ3世（1468-1549），スペイン国王フェリペ2世（1527-1598），ネロ（39-68），ローマ皇帝ドミティアヌス（51-96。キリスト教徒を迫害させたことで有名），ローマ皇帝ハドリアヌス（76-138。「黄金の間」ではその正義の裁きが讃えられるが，ここでは1万人のキリスト教徒を刑死させたという伝承を受け継いでいる），

神聖ローマ帝国皇帝マクシミリアン（1549-1519），背教者ユリアヌス（76-138）などの固有名詞が探しだされる。

❹ 第4構成部分——復讐「現代」

最後の復讐は現代のものである。スピエラ（フランチェスコ・スピエラ。宗教裁判所に送られて改革派信条を改宗した），リゼ（ピエール・リゼ。1482-1554。火刑法廷の創設者），モラン（ジャン・モラン。1534年の檄文事件の折，非カトリック教徒に対し過酷にあたった行政官），リュゼ（ジャン・リュゼ。パリ高等法院評定官。非カトリック教徒を迫害した），ファイエ・デペス（デペス領主ジャック・ド・ファイエ。1543-1590。パリ高等法院議長）が「偽りの者」の中に名を連ねている。これらの復讐の末尾にドービニェ自身，

「数多い例がわたしを求め，わたしは迫害者たちの

千もの新たな死，千もの奇妙な死にざまを

捜すのはやめておこう，そうした例はわたしたちを退屈させ，

そうした例は，それを避けるわたしの詩句と眼とのあとを追って

くるのだ」(923-926行)

と語るほどであるが，それにしてもドービニェが強調したかったことは，

「見よ，天の復讐の手の中で，

いかなる量り，いかなる正しい秤が揺れているかを」

(905-906行)

ということにほかならず，そのために「この世ならぬ死」に襲われ，苦しむ迫害者をその対象に選んだのはほぼ間違いない。

❺ 第5構成部分——「審判」への移行

結末の部分において，ごく短い文章により，神はギリシア神話の，雷(いかずち)を手にするゼウス（ローマ神話のユピテル，ジュピター）にな

ぞらえられ，最後の審判に向けて，神の意図の全貌を明らかにするのである。

「かつて神はその教会の無垢の者を支え

復讐ではなく，救いのためにしか歩まれなかった。

いま，最後のとき，もっとも過酷な日にあって，

神は救いのためではなく，復讐のために進まれたもうのだ」

(1129-1132行)

8 | 「審判」

導入部「神」(1-324行)，導入部「復活」(325-660行)，最後の審判（661-1218行）。

「審判」の巻における各部分の釣り合いははなはだ不均衡である。すなわち，本論たるべき「審判」の描写にあてられた詩句数と，序論たる導入部総体の詩句数がほぼ等しいのだ。

❶ 第1構成部分──導入部「神」

第1の導入部で描かれるのは，神への祈り，無神論者や外国人に対する非難・攻撃，「自然」や人間の，神性との対比における特性の指摘などである。しかしながらドービニェがこの段階で描く光景とは，

「それは来るべき審判のわずかな線描，

用意された地獄の虚弱な肖像である。

それは永遠の苦しみの鏡でしかない。

おお，その影がかかるものである実体とはいかなるものだろうか！」(321-324行)

❷ 第2構成部分──導入部「復活」

第2の導入部では「審判」をおこなうには，欠くべからざる復

第5章 | 『悲愴曲』とその異本文　　129

活の問題が，きわめて綿密な描写をともなって，けれども必ずしも神学的・論理学的であるとは断定しがたい運びで，中心に据えられている。敵に苦しみを，味方に勝利をもたらすためには，ただそれが霊魂の苦しみであり，勝利であることを欲しなかったのであろう。

　「ここに人間の肉体と人間の霊魂とは，

　苦しむためとおなじく勝利のために結合し，

　ともに結びついて，この場所で

　名誉あるその額に神の像を有するのである」(647-650行)

❸ 第3構成部分——審判

　この箇所は「この巻のみならず『悲愴曲』全体においても，もっとも重要な一節であろう」(ザウアーワイン，前掲書) と見なされる部分である。あるいはまた，この巻の重要性は，『悲愴曲』という歴史叙事詩が，16世紀後半を支配する後退的歴史観のひとつの代表とされながらも，同様の歴史観で描かれた作品と比べ，なおかつ独自性を有するとするなら，その独自性とはこの叙事的構成での幻想的・預言的な巻に頼るところが多いという点でも知られるはずである。この箇所の幻想性は，次のような概略的な展開からも知られるであろう。すなわち，最後の審判とともに死者たちはよみがえり，「新たな肉体と新たな顔」を示す。神は太陽のごとく天空に君臨し，その右側には，選ばれた者「ユダの一族」，左側には「エドム (ヤコブの兄エサウの異名)，モアブ (ロトの息子)，アガル (アブラハムの妾でエジプト人の奴隷。アブラハムとの間にイスマエルをもうけた) が震えている」。やがて審判は終わり，この大地は崩壊し，悪をなした者はすべて地獄に堕ちてゆく。

　「そこでは悪魔のしもべたちが，吠える地獄の

死ぬことのない苦しみ，絶えず燃え上がる

生命ある硫黄の池，濃い夜よりも濃い闇を

震えながら眺めるのである」(953-956行)

　これとは逆に，選ばれたひとびとのおもむく場所は，神のみもとである。この巻の，したがって『悲愴曲』の最後を飾るのは以下の一節である。

「わたしは取るに足らない存在で，もう自分の眼を天の眼に

近づけられない。太陽にもう耐えられない。

すっかり眼がくらんだ状態のまま，わたしは霊魂で

世界の霊魂を認知し，ひとの知らず，知りえぬことを，

耳が聞いたことも，眼が見たこともないことを，

知るために推測のうちに語っている。

わたしの感官はもう感覚をもたず，霊魂はわたしから飛び離れる。

魅せられた霊魂は沈黙し，わたしの口から言葉も出ない。

ことごとく死に耐え，霊魂は去って，神のみ胸にふたたび居場所を見出し，

恍惚のうちに喪神する」(1209-1218行)

第3節　異本文と史実の反映

　本書第1章では，アンリ4世没後のフランスの政治・社会情勢とドービニェの個人史について，簡単にまとめた。『悲愴曲』初版－再版間の異本文の内容を子細に検討してみると，この時期，

すなわち 1616 年から 1627 年もしくは 1630 年にいたる期間の出来事を直接反映しているような詩句はきわめて少ない、と判明する。以下がそのすべてである。

1 | 「黄金の間」(421-424)

「隷属ゆえにわたしたちの法は愚かな寓意となり、
風は空中に『取り消しえない』との言葉をもてあそぶ。
記録は署名し、削除すべく万端ととのい、
すべての法は法なき法となる」

ガルニエ＝プラタールの解説によれば、この付加は 1621 年から 1622 年にかけての戦闘のあと、モンペリエ（南仏の改革派都市）の和議で改革派信徒が耐えなければならなかった自由領（もちろん改革派の礼拝を許可された、という意味での自由）の割譲を歌ったものであるという。この和議で改革派は、安全に礼拝をおこなうことが許された領地のうち、24 箇所を失った。もちろん 1616 年のルーダン条約で、その保全のため合意された最後の 6 年間の猶予期間が満了した、という事実もあるにはあったのであるが。

2 | 「黄金の間」(773-776)

「わたしが恥辱の 2 世紀間に減するのを見る法（サリカ法：古代ガリアの一部族、サリア族の間で定められていた掟であり、土地の男系相続に関して、フランス王国基本法のひとつとなった）であり、
そのとき男性は女性よりも卑俗となり、
そのときひとは百合（フランス王家の紋章）が丸薬（メディチ家の紋章）となり、
トスカナ人がガリア人となり、フランス人が外国人となるのを見

るのだ」

　ガルニエ゠プラタールの解説では「恥辱の2世紀」とはカトリーヌ・ド・メディシスおよびマリー・ド・メディシス2代の女摂政の時代を指す，という。マリーの摂政時代が1610年に始まり，1617年の彼女の亡命により終焉するのであるから，ドービニェが再版でこのような詩に歌いあげている時代史的背景は理解できる。ドービニェはこの女性政権下における，男性の側の無法な卑屈さを観察しているのである。フランス君主制のために再発見された（強引にこじつけられた）サリカ法典が，フランス王女の結婚を媒介にして外国王侯の王座簒奪を避けるべく用いられたものであるなら，ドービニェが外国人女性の摂政に対して，この法典を引用しているのも理解できる。

3 | 「復讐」(243-250)

「つぎのように言いながら。『天の判決を実行して
巨人たち（小さき者＝改革派信徒を弾圧する権力者）を地獄に落としながら進み，
深淵で彼らを溺れさせる同じ川の流れ，
低い場所にこれらの腐肉を運ぶ流れは
高い場所で混じり合い，
方舟（もちろんノアの方舟）とその乗り組んだ者たち（ここでは改革派信徒たち）を天空の高みに据え，
雲を低きに残し，そしてあまりに高く彼らを引き寄せるので，
彼らが熱望している天，その天にくちづけが出来るようになるのだ』」

相変わらずガルニエ゠プラタールによれば，これらの詩句はフ

ランス改革派の「小さな群れ」を慰めようとする敬虔な考えにもとづいている。改革派のひとびとは，先に述べたように，1621年と翌年の2年にわたる戦争の末，過酷な条件でモンペリエの和議に調印しなければならなかったのである。

4 │「審判」(159-160)

「(ブルボンよ) おまえたちの恥ずべき一門について何を言うだろうか。

思うに，おまえの一門は疑わしいと言うのだろう」

この2行は初版では空白のまま空けられている。初版発行時にはあえて空白とせざるをえなかったブルボン王朝（繰り返すが，アンリ4世を始祖とする王朝。時の国王ルイ13世はアンリ4世の長男）の名誉に関わる言及を，ジュネーヴ亡命ののち，フランスから離れた土地でなしえたものであろう。この詩句が前提としているのは，以下の事件である。すなわち，ブルボン＝コンデ家のアンリ2世は父の死後6カ月，1588年9月1日に誕生した。その母親シャルロット・ド・ラ・トレミイエは怪しげな妻であって，夫を毒殺したと告訴された。彼女は予審継続の7年間拘留されたが，裁判は最後に国是（国の基本的方針）により中断されたのである。

この最後の引用における空白部の補充という形式上の異本文は，単語レヴェルでも見られ，おのおのの理由はほぼ同一である。念のため，それらの語句（もしくは空白）が見られる巻と，詩句ナンバーをあげておく。

5 │「悲惨」(758, 767, 800, 802)

たとえばトロンシャン写本で「おまえの息子はおまえのひそか

な毒を逃れえたろうに」(767)とあるところを，初版，再版ともに「（空白）はおまえのひそかな毒を逃れえたろうに」と，特定をさけている。

第4節 個人史から

1616年から1627年，もしくは1630年の間にドービニェの周辺に生じた，創作活動に関与しうる問題をあげてみる。

1 領地の問題

ドービニェの領地は，国王の調査によれば戦略的に重要なマイユゼおよびドニヨンを中心としていた。「──マイユゼは素晴らしい王の本拠地にあたいするであろうし，ラ・ロシェルを占領するよりもむしろ，ドニヨンの地を包囲すべきなのだ──。かくて国王はかかる重要性を帯びた土地を，まことに扱いがたい改革派信徒にまかせることを望まなかったのである」(ジャンヌ・ガルジー『アグリッパ・ドービニェ』)。すなわちドービニェの「領土に関する陰謀」(ガルニエ，前掲書)の背景には戦略的な問題と同時に宗教上の問題も併存している。この陰謀を画策するにあたってドービニェの経済的困窮がその糸口を与える。子供たちへの財産分与，砦の建設，あるいは家臣のための出費は決して無視できるものではなく，ドービニェを苦しめていたからである。

この時代の多くの帯剣貴族と同じく，ドービニェは自身の領地

に深い愛着を覚えていた。

> 「己の計画にしたがって建築されたこの砦,己の戦術的才能の最後のこの作品に老人が結びつけられているのが,感じ取れる。彼は砦を守るためにあらゆる譲歩をなす覚悟をしている」

(ガルジー,前掲書)

けれども陰謀はドービニェのこの愛着と警戒をものともせずに進められる。先鞭をつけたのが改革派大貴族ローアン公との契約である。ローアン公との取引それ自体は,ドービニェにとってさほど不利益をもたらすものではなかった。ローアン公が改革派側の人間であったこと,売却によってドービニェが経済的困窮を脱しうること,さらにドービニェ自身もマイユゼ,「この彼の思い出,書類や書物,仕事の手段や習慣が残っている城」(ガルジー,同上)にとどまりうるからである。

しかし,ドービニェを脅かす計画は消え去るどころではなかった。ローアン公にドニヨンをも譲渡したのち,息子コンスタンが宮廷から支援を受けて,病に倒れた父の住むマイユゼの城をたびたび攻撃したのである。ドービニェは熱におかされたからだに鞭打って馬上の人物となり,息子が率いる軍勢と剣を交えねばならなかった。ドービニェの言によれば「父が亡くなれば,自分が領主となるだろうと国王に言われ,コンスタンは間もなく,自分の身内みなの憎悪のうちに,己が仕えていた者の恐怖と軽蔑のうちに自らを見出したのである」とするが,にもかかわらずこの一節には,父の愛情の残り火が感じられるのかもしれない。

さてこのような領地をめぐっての国王との確執はドービニェ生涯の著書『世界史』の出版に関してもその度合いを深めている。

2 『世界史』の刊行

『世界史』の評価には毀誉褒貶があり、一方で現代の文学者が「ドービニェをフランスの大歴史家の間に位置づけることに成功しなかった書物」(マルグリット・ユルスナール「ドービニェ」)と呼んでいるにもかかわらず、他方で「彼の『世界史』、この驚嘆すべき絵巻は徐々に魅力的な筆致でナントの勅令にいたるまでのフランス改革派運動を描いてくれる」(モーリス・シェヴリエ「アグリッパ・ドービニェへの讃辞」)との絶賛が存在するように、そのヴォリュームから言っても、ドービニェの期待と野心から言っても、少なくともドービニェ個人にとって、『世界史』と呼ばれる著作はその文筆活動をつうじて最大の作品であった。1612 年にはすでに初稿が完成していたと推測される『世界史』は、それ以後推敲を重ね、最初の巻(『世界史』は全 3 巻より構成される)は 1616 年の刊行年度を示している。決定的な制作年代および発行年度は現在でも議論の対象となっているが、「最初の 2 巻はすでに 1619 年末、もしくは 1620 年の年はじめにはさしあたって印刷されていた」という事実にはほぼ異論がない。ドービニェは発行とほとんど同時に『世界史』の印刷上の特権を求める活動をし始める。すなわち海賊版の出現と公的な認可を得ることにより、種々の追及の手を封じようとしたのである。だが 1620 年はじめ、ドービニェの願いとは逆に、『世界史』は焚書処分の対象に選ばれてしまう。あるいはこの処分は「残酷な言葉を用いずに」叙述された聖バルテルミーの虐殺の報告ゆえであったろうか。熱狂的なドービニェ・ファンのサミュエル・ロシュブラーヴは、この間の事情について「(『世界史』の)第 2 巻は、第 1 巻とともに 1618 年に刊行さ

れたが，出版の特典を拒否される。両書ともに1620年，シャトレ（裁判所）の判決の執行により，王立学院の庭で焼却されたのである」（『アグリッパ・ドービニェ』）と述べている。この判決を無効にすべく，ドービニェは悪戦苦闘する。

　この書の冒頭で述べたように，『世界史』について詳述した拙文があるので，余裕がある方にはそちらも参照していただきたいが，この著作の中心に据えられているのは，ドービニェ自身の言によると，かつてドービニェが従者として仕え，敬愛し（？），忠告を与えていたアンリ4世である，という。この言明がそもそも怪しいのだが，特典を得ようとするドービニェにはおそらく他の方便が思いつかなかったのだろう。しばらくドービニェの弁明に沿う形で論を進めてみる。アンリ4世の改宗により，国王とも宮廷とも距離を置いていたドービニェは，それでもアンリが凶刃に倒れたとの報を受けたとき，すでに述べたとおり，自らの預言を回顧しつつもこの暗殺を「恐ろしい知らせ」と考えた。暗殺後歳月を経るにつれてドービニェの怒りは少しずつ静まり，王の人格と仕事を遠近法の中に位置づけられるようになる。

　　「己の恨みが慰められるにつれて，ドービニェは王の役割をよ
　　く理解し，王の気高さのうちに神の手を認めんばかりであっ
　　た」（ガルジー，前掲書）

　したがって，故王アンリ4世を讃えるために書かれたという口実のもとに，若い王にこの『世界史』を読ませるべく努めたのである。けれども実のところ，既述したように，「近づいて見ればこの『世界史』が，ことに宗教（改革派の信仰のこと）と神のための弁明の書であることが判明する」（同上）のであるし，それゆえ「トーンが違うにもかかわらず，『悲愴曲』と『世界史』の一致は

明白である」（ロシュブラーヴ『英雄の生涯　アグリッパ・ドービニェ』）と見なされた以上，もはやいかなる奔走も功を奏しない。ひとたび「それは——王侯，王妃，大公およびその他の高貴な方々に対する，多くの欺瞞と中傷に満ちているものとして——罪を宣せられた」（ジャン・プラタール，前掲書）と，『世界史』の評価が決定してしまえば，ドービニェという一介の亡命改革派小貴族にこの決定を覆しうる何も，誰も見出されるはずはなかったのである。

3　反乱の問題

　この間にルイ13世の寵愛を一身に集める感のあった佞臣リュイーヌに対するフランス大貴族の反感は次第に高まってゆく。1620年4月18日に開催されたルーダン会議は，国王の大権に譲歩することになるが，このときすでに反乱の準備は整えられていた。中心に王太后を擁し，「ほとんどすべての大貴族はリュイーヌに対抗して一派を結成した。彼の尽きない野心と傲慢さにあふれた暴政はあらゆるひとびとを背かせるにいたるのである」（ガルニエ，前掲書）。一方，改革派信徒の大多数はこの徒党に加わるのを拒んだ。多分，この一派の欠点，すなわちあまりにも多くの主導者が存在し，あまりにも多くの競争心，派閥闘争が存在するという欠点を熟知していたのであろう。そこには宮廷内の抗争しか認めえないのである。ただ，ローアン公のみは異なった。ローアン公の参画は，肉親のスービーズ公によってこの一党に誘われた結果であるが，リュイーヌに対する憎しみがそれだけ深かった証とも考えられよう。

　スービーズ公によってローアン公が反乱に引き込まれたと同じ

く，ドービニェもまたローアン公によって，反乱の渦中のひととなる。6万人からなる部隊を率いてパリ攻略を果たすとの夢を抱いて，ローアン公は，かつて2度パリを攻撃した経験を有するドービニェのもとに，意見を求めにおもむくのである。ドービニェはこれを妄想の一言で撥ねつける。「(ドービニェは)公爵に，戦争ともなればたちまちこの大いなるプロテスタント党を消滅させかねない混乱が起こることは考慮に入れておくように言った」(『兇らに語る』成瀬訳)。この忠告は即座に，ポン＝ド＝セにおける1620年8月7日の反乱軍の壊滅として現実のものとなる。けれどもドービニェは，この敗北のあとになって，ローアン公の期待と友情に応えるべく，反乱軍に参加する。ドービニェはこのときまさに「騎士道的忠誠」(ガルニエ，前掲書)によりローアン公に呼びかけている。

　「自分はあなた方に『王太后一党にはけっして与しない』と断言
　　したが，あなた方が最悪の事態に陥ったときはローアン公一党に
　　与するつもりです。ちょうどいいときに馳せ参じましょう」

(同上)

　ルイ13世は容易に反乱軍に勝利を収める。王の軍勢がラ・ロワール河を渡り，ポワトゥ地方に侵入するやいなや，ドービニェは反乱軍の一味として追放処分をもって扱われることになる。伝令がドービニェを逮捕すべし，との命令をもって土地土地を駆け巡るのである。

　王が西部フランスに進撃すると，改革派の都市はその扉を開き，反乱軍との結託を否認し，王に対してきわめて従順な態度を示す。

　「友人なり子供たちなりの家さえもあえてドービニェを泊めよう

> とせず，一夜ベッドを提供したことに震えおののくのであった」
>
> (ガルニエ，前掲書)

ドービニェはもはやフランス国内に安住の地を見出しえない。

> 「今回はもはやほかの解決策はなかった。彼は亡命する決心を固め，ジュネーヴにおもむくことにする。この都市はすでに以前自分に隠れ家を提供したことがあったのである」
>
> (ガルジー，前掲書)

かくしてドービニェは 2 度目の，そして最後のジュネーヴ逃避行を敢行する。この逃避行の決定的・最終的要因は反乱軍の問題であった。

4　息子コンスタン

　直接社会的問題に関わることは少ないが，この時期に生じた息子コンスタンをめぐるドービニェの心境も，個人史的に大きな意味をもっている。

> 「悲痛のもうひとつの原因が彼を苦しめていた。それに関して責任が少ないだけに運命のよりきびしい残酷さ，すなわち息子コンスタンの行状である」(ガルニエ，前掲書)

カルヴィニストであるドービニェの厳格な指導におそらく圧迫感を覚えていたコンスタンスは，1616 年ルーダンの和議が締結されるやいなや，自己の才能の開花を謀って，パリに急ぐ。ドービニェの血筋を受け継いでか，コンスタンは十分に知性的であり，教養人でもあったが，あまりにも道徳的観念に欠けていた。彼は宮廷世界への傾斜，社交界への憧憬をもちすぎていた。イエズス会所属の人間に，宮廷で出世し，寵を受けるゆいいつの手段

は改革派でなくなることだ、と説教されるとただちに改宗する。ただ神のために一切をささげた（ということになっている）ドービニェはどれほどの衝撃を受けたことだろうか。次の一節は、その衝撃の大きさを垣間見せてくれる。

> 「マランのデュ＝プレシ殿から送られた、わたしの息子の叛逆の知らせを受け取りました。わたしは絶対に信じられません。わたしにこの打撃を与えることを神が望まれるにしても、ずっと以前から、さきの予想は苦しみに結びついておりました。家族の者は、神の家族の中に留まることが出来ないでしょうし、かかる悪臭が教会の香のあいだに留まることもないでしょうとのことです」（『ドービニェ全集』書簡篇）

しかしまだこの段階では、ドービニェはコンスタンを見捨てていない。それどころか必死になって息子を「正道に戻そうと努め」ている。おそらくコンスタンが真剣に棄教したかどうか、コンスタン自身にとってと同様、ドービニェにとっても疑わしかったがゆえであろうし、信じたくなかったせいであるかもしれない。マイユゼの副官職を譲り、自らはドニョンの地で満足しようとさえ言うのである。これによってコンスタンを正道に戻しうることは確かだ、とドービニェは考えていたのであろうか。

> 「父親の幻想！　──おそらく、しかし彼に石をなげる勇気をだれが持ちうるであろうか。試みは、残念ながら！結論を下された。コンスタンはその権力を悪い方にしか用いなかったのである」（ガルニエ、前掲書）

マイユゼは瞬時にして賭博宿と化す。尻軽女が城に入りびたり、贋金さえ鋳造される。状況を知ったドービニェはいかなる態度を示しえたか、想像に余りあろう。すでに述べたローアン公へ

のマイユゼ領の売却も，金銭的な問題のほかに，こうしたコンスタンの行状の影響がある。コンスタンが実直な息子であり，マイユゼの風紀を乱すことがなければ，ドービニェはコンスタンを追放するはずもなく，また領地の売却を考えることもなかったのではあるまいか。

　1619年2月，コンスタンは妻を殺害する。

「ドービニェ殿の義理の娘はあの世に逝かれた。夫に殺害されたのである。夫君は奥方が弁護士の息子と共にいるのを見つけ，その男を短刀で30回ほど突いて殺し，奥方を，神に祈らせたあとで，7突きで殺した」

確かにあまり慎み深いわけではなかった妻を殺害したコンスタンに対し，ドービニェはこれを機に悔悛すべし，と説得する。この不肖の息子が，外見の従順は別として，確実に父親の言葉にしたがわなかったとの保証はない。けれどもドービニェのコンスタンへの宣告，

「わたしが偶像に仕え神に戦いを挑む手に触れることが出来ると，中傷で悪臭を放った舌が言葉によってわたしを宥（なだ）めることが出来ると，そして俗界の祭壇の前に屈した膝がわたしの前にひざまずくことでわたしをひざまずかせることが出来ると，夢考えてはならない」（『ドービニェ全集』コンスタンへの書簡）

との激しい言葉を見れば，コンスタンの行為の重さと，ドービニェの裏切られた愛情の深さに思いいたるのである。すでに述べたように，このあとコンスタンは国王に唆（そそのか）され，マイユゼの実の父親の領地に夜襲をかける。この行動についてドービニェの胸中を想像する必要は，もはやあるまい。

第5章 ｜ 『悲愴曲』とその異本文

第5節 晩年が告げるもの

　1620年9月1日，亡命したドービニェはジュネーヴに到着する。この日から『悲愴曲』の推定刊行年度，1627年もしくは1630年に生じた主たる事件を，ドービニェにとって肯定的・積極的な意味をもつ（と思われる）ものと，否定的・消極的な意味をもつ（と思われる）ものに大別してみる。

1　否定的・消極的意味をもつ事件

　ポン・ド・セにおける改革派貴族・不満貴族たちの敗北は，ルイ13世にベアルヌ地方（フランスとスペインの国境にある独立国で改革派宗教を奉じていた）遠征の機会を与えた。ベアルヌ地方の王権に対する反抗的態度はいかにもルイ13世のフランス統治完成への障害となっていたのである。ベアルヌ地方末端に位置するグラナダ（スペインのアンダルシアの県庁所在地。かつてのグラナダ王国の首都）を陥落させると，この地方は王の接近に恐れをなし，教権財産の復活に同意を示すが，王は一顧だにせず，10月15日州都ポーにまで進攻，全ベアルヌ地方にカトリック教を復興させる。絶対王政への道がここでもその第一歩を踏み出すべく待ち構えている。

　改革派信徒側は同じく1620年12月，ベアルヌの陰謀に対抗すべく，ルイ13世の禁令にもかかわらず，ラ・ロシェルで集会を開く。改革派にとってもフランスにとっても運命の分かれ目とな

る会議である。ローアン公も含め、ほとんどすべての大貴族はこの集会を認めず、解散させるべく骨を折るが、熱狂的強硬派信者により煽動された集会は1621年3月、王には断じて受け入れられるはずのない陳情書を作成する。こうしてルイ13世は改革派との戦争の恰好の口実を得て、その壊滅を画策するのである。

> 「ルイ13世は常に進攻し続けた。諸都市は戦うことすらせずその城門を開き、一方で国王の代官たちは同様の成功をもって国内を走りめぐった」(ガルジー、前掲書)

1621年12月14日、リュイーヌが死亡する。他人の忠告なくして何ごとも行動を起こせなかったルイ13世は、今度はリュイーヌの代わりにコンデ公の影響を受けることになる。皇太后マリー・ド・メディシスやリシュリューは、欧州間の戦争を始めるためには内乱を締結させ、改革派信徒と、一時的にせよ、和議を結ぶべきだという信念を説くが、これに対してコンデ公は一挙に戦闘を遂行し終えることを考える。

一時パリに帰還した国王は新たに1622年春、反乱の鎮圧に乗り出す。

> 「船に乗ることができなかった歩兵たちは (ラ・ロシェルは海湾都市で、水上戦を得意としていた) 撃ち殺され、あるいは徒刑場に送り込まれた。ただ騎兵のみが逃れ得た。ローアン公はデペルノン公によって捕囚となり、スービーズ公は救援を得ようとの期待から、英国になんとか到達する」(同上)

この打撃は改革派陣営にとって壊滅的なものであったろう。けれどもまた、国王にしても現段階でさらに改革派を攻撃する必要をもたなかった。王の周辺におけるリシュリュー側に与する意見の伸長、およびたびかさなる戦闘による兵士の疲弊もあって、冬

も間近い10月19日，王は和平に傾き，ローアン公との間に和議が締結される。ナントの勅令が再認され，政治集会は禁止されるという条件で，その他のあらゆる条項が確認される。

　この期間での改革派と国王側の対立は，一応和平にいたったとはいえ，結局フランスにおける改革派勢力の弱体化と，王権の強化にいたる過程にあった。これ以上の詳述は避けるが，本書第1章の年譜を見ていただければおわかりのように，やがて改革派は再度ラ・ロシェルに籠城し，1628年10月，最終的にリシュリュー率いる国王軍のもと，全面降伏に追いやられるだろう。ラ・ロシェルは二度と立ち上がる機会を持たなくなるだろう。そして1629年のアレス協定で南仏に残された改革派の最後の抵抗拠点も陥落するにいたるだろう。異郷の地にあって故国の戦闘を傍観せざるをえなかったドービニェに，この事態はどれほど憂いを誘うものであったろうか。直接戦いに加わることがかなわなかっただけにその苦悩は推して余りあるものがある。

2　肯定的側面

　かつて少年時代に「宗教上の理由で，勉学を続けるべくジュネーヴに滞在」したドービニェは，少なくともジュネーヴ逃避行当初は，熱烈ともいえる歓迎を味わうことになる。
　　「彼は極端な敬意をもって迎えられた。教会堂で彼の占める場所は，王侯や大使にとっておかれる場所であった。彼の名誉を讃え国民祭がおこなわれ，全貴族階層が出席した。クッキーを飾っている紋章は彼のものであった」（ガルジー，前掲書）
　ジュネーヴが「戦士」ドービニェに向けた関心も大きかった。

欧州諸国の狭間にあって政治的・軍事的配慮を欠かすことのできないジュネーヴ市民にとって，少年時代から戦場を駆けまわっていた老軍人の経験は貴重な宝庫と感じられたに相違ない。そしてまたドービニェにとっても，神意に沿う地上の都市ジュネーヴのそのような期待，願望は決してわずらわしいものではなかった。

　「いかほどかペリサリ殿とトゥルヌ殿のお屋敷で過ごしたあと，サラサン殿の館が都市の出費のもとに彼に貸し与えられた。これはそれ以後ポルトガルの大公夫人が購入するはずになるものであった」(『児らに語る』私訳)

このような格別の饗応はドービニェに対する期待に見合ったものであろうが，具体的には1621年の戦争7人会議への招待として示される。「彼に全権が与えられた」この会議の目的は都市の防衛，築城術に関してであったらしい。「この間，全都市は築城のために勤めていた。彼はそれをサン＝ヴィクトル丘の方面でも，サン＝ジャン丘の方面でと同じように喜んで指図した」(『児らに語る』私訳)とドービニェ自身が語るところからも明らかである。このためにドービニェはまず，1621年11月，さらに1622年初夏，ベルンを2度にわたり訪問し，要塞術の研究をおこなっている。わずか11日の滞在であった最初の訪問に比べ，2度目のやや長期に及ぶ訪問でのドービニェの活躍には眼を見張るものがあった。

　「この活動，改革派防御のための疲れを知らない熱意を眼前にして，この老人が70歳であることは忘れられようとしていた。老年にも，追放にも，裏切りにもかかわらず，彼は青年の，初心の人間の熱意をたもっていたのである」(ガルニエ，前掲書)

確かにこの時期のドービニェは恵まれていた。ルネ・ビュルラ

第5章 ｜ 『悲愴曲』とその異本文　　147

マシとの再婚が執り行われたのは1623年4月24日であった。セザール・バルボニを2年前に失い、セザールとの間にもうけた10人の子供たち全員とも死別していたこの未亡人は、「高い徳をもち、非常に敬虔で、高貴な魂をいだき、あらゆる観点から栄光ある亡命者と結ばれるにあたいした」（同上）のである。

　この結婚はドービニェの晩年を暖かくつつみこむものであった。人生の何たるかを彼女なりに熟知していたルネが、非常に深い情愛をもってドービニェに接していたかは、たとえばドービニェの臨終を告げる書簡に描かれた手あつい看護の情景からうかがえるであろう。また、ウジェニー・ドローの報告「アグリッパ・ドービニェ夫人の詩のアルバム」における、「わたしたちはこの詩集の中に、『春』のどのようなソネも、オードも、スタンスも見出さない。このことから以下のように結論すべきであろうか。すなわち、アグリッパ・ドービニェの初婚の相手、シュザンヌ・ルゼと同じく、彼女も、夫が青年期に情熱的に愛していたこのディアーヌ・サルヴィアティに対して嫉妬を感じていたのだ、と」という指摘での嫉妬の存在は、逆に、有徳の夫人の愛情の深さを知らしめるものともいえるのである。

　1623年2月7日、フランス、サヴォイア、ヴェネチア間でパリ条約が締結された。ドービニェの軍事能力を高く評価していたヴェネチア代表は、フランス志願兵の統率をドービニェに委任すべく提案する。しかしこれはルイ13世の拒否権発動により、水泡に帰す。

　フランスを離れざるをえなかったもろもろの情勢についてはすでに述べた。息子に代表される家族の背信、領地の没収、さらには「息子の卑劣な行動、党派の裏切り、彼の要求に対する王の拒

否のいずれも引き起こしはしなかったことを，この宣告はなしうるのである」と語られる，『世界史』に対する処分，反乱の失敗と，それらの中にひとつとしてドービニェの憂いをぬぐうような事件はなかった。それどころかおそらくこの時期はドービニェの長い生涯にあって，精神的にもっとも負担が多かったのではないかとさえ思われる。

　ジュネーヴに避難して，事情はいくぶん好転するかに見えた。妻の存在とジュネーヴ市民の歓迎は，確かに，力づけになるものであったろう。けれども彼にフランスを離れ去ることを強要した事態は，何ひとつ解決していなかった。いや，むしろ，悪化の一途をたどっていた。ドービニェに残されているのは，現実的な形を有するものでは，妻と自分の作品，そして彼の内部に潜む激しい怒りと憎しみ，全能にしてゆいいつの正義である神なのである。

第6節　他の著述から
——政治論との対照

　前節では『悲愴曲』初版-再版間に起きた事件を個人史的側面から紹介したが，ここでは創作史の観点からこの時期に書かれた政治論にしぼって，その検討を試みよう。

　この時期に執筆された著作で，制作年代が比較的正確に判明しているものの筆頭に，政治論文『内乱論』がある。ドービニェの政治論文で同定が明確にされているものには『カデュセ，もしくは平和の天使』，『王と家臣の相互義務論』，およびこの『内乱論』

があるが，マクドナルドの説を信頼すれば，『カデュセ』の制作推定年代は 1612 年ごろ，『相互義務論』が 1626 年以前，おそらく 1616 年と 1620 年の間，『内乱論』第 4 章から第 6 章の後半部が 1621 年 2 月から 7 月，第 1 章から第 3 章の前半部が 1622 年 4 月から 6 月に執筆されたとされている。ここでは制作年代がもっとも詳しく想定されている『内乱論』を第一の検討対象としよう。

アルマン・ガルニエによれば『内乱論』と『相互義務論』は執筆年代が近いという表面的な関連よりも，本質的な次元で深い相互関係を有している。『相互義務論』は理論的支柱であり，『内乱論』は「各個別的な状況への」適用だ，というのである。『相互義務論』とはまた『相互権利論』でもある。すなわちここでドービニェが『聖書』，古代法学，フランス法，さらには歴史的事件に言及しつつ矢を放っているのは，この世界で王をその地位に就かせているものに対して，およびそれに反した暴君を主人と仰いだ家臣の取りうる態度と，よりうる権利に対してなのである。どのような王侯といえども本来その権利を与えている者に不服従であってはならない。

「もろもろの（法学・神学）博士たちのいかなる準則も決議もうまれながらの王侯を，王侯とした自然の法から除外するものではなかった。逆に彼らは王侯がその法に服し，従属するように宣言したのである」

そして理論の書『相互義務論』の結びの文を引用しておけば，以下のとおりである。

「キリストがその苦しみをご自身の四肢の内で完成したまい，わたしたちの内で苦しみが続くことを欲せられたがゆえに，わたし

たちはキリストの四肢なのである。天とこの世界がわたしたちが流す血を看取るものであるように、そして炎により滅するものであるならば、わたしたちの眼を炎がとる道に投げかけよう。炎が先に、わたしたちが後に、そして炎とともに雲の中に空気が存在することになるであろう。そして天を貫き、わたしたちは飛翔してわたしたちの願いがすでに到達している場所におもむくであろう。つまり神の玉座に、そこに場所を占め、幸福な天使とともに統治し勝利をうるために」

「この文章にまさる1ページは16世紀にはなく、もう1ページを捜すにはさらに遠く17世紀を待たなければならない」(エミール・ファゲ、前掲書)と言われるほどの文章力があるかどうか、審美眼をもたない筆者には口をはさむことができないが、思想史的にはドービニェの政治論文は宗教戦争時のモナルコマキや殉教者論の流れを汲む思想だと思う。ただ執筆された時代がルイ13世の御代であったというその一点において数十年以前に山と書かれた主題を再度取り上げる価値があったというべきか。『相互義務論』を受け継ぐ『内乱論』でドービニェが述べているのも、暴君と暴君に虐げられているひとびとの対立とその正当性についてである。ただこの論考では題名の示すように、内乱の可能性に中心が存することが特徴である。真の神の法を廃し、悪政を目論む、ローマ教皇を戴く広大な政治的陰謀に対し、内乱とは合法的な防御であり、それゆえに必要かつ必然的な行動なのである。

「反キリストの術策が怒りのうちに展開するときは今、来るのである」

時代背景とこの論考の密接なつながりについて、「1621年から1622年にかけての情勢に関して、そしてイエズス会の悪魔的な

党派の、ローマ聖庁の影響のもとに、彼がルイ13世に委ねているこの異端者絶滅の計画をめぐり、暗示は十分に明瞭なものではないだろうか」とガルニエは説いているが、さしあたりこの言葉は首肯しうるものであろう。だが、この時代と論考との結びつきは、ドービニェをどのような媒介項としていたか、問題はドービニェの論考作成の姿勢なのである。――と大上段に振りかぶってみたものの、モナルコマキの歴史やら、近年発見されたドービニェの他の（匿名の）政治論文まで踏み込める余裕もないので、ここではドービニェが『内乱論』をどのような感情を抱いて記していたか、拾ってみたい。その感情とは「怒り」である。国王、大貴族、教皇など、神をないがしろにし、フランスに悲惨をもたらし、改革派信徒を迫害し続けるすべての者に対する、とどまることのない怒りである。

　「こういったこと全てに対して、そして平和勅令を打ち壊そうと用いられた些細な口実に対して、わたしは常に、二つのことがらを対峙させていた。最初に暴君的な権力であり、これは当代の聴罪司祭たちが王の精神から手に入れたものである。他方はフランス貴族全員の服従であり、彼らは対立者としてではなく、寵愛の下僕として武装するのである」

「ヴァルテリーナ（イタリア北部の戦略上の要衝。1621年から1623年にかけてスペイン、フランス、スイス改革派が和平条約にもかかわらず取りあった。ドービニェに『ヴァルテリーナ戦争についての考察』がある）の情勢が彼らにもたらしたことを、彼らはわたしよりもよく弁えている。いかなる怒りを彼らは隣人のうちに見、いかなる苦悩を兄弟のうちに、いかなる不忠を、同盟や国家によって結びつけられながら、宗教、あらゆる誓言を風にとばしてしまう宗

教によって離ればなれにされたひとびとのうちに見たことだろう」

　『内乱論』を支えている感情の質は『相互義務論』における感情の質とはいささか異なっているように思える。先に引用した『相互義務論』の末尾では，改革派信徒ドービニェの行動の原理として神の存在が述べられていた。天上におもむき神の国に入るのだという表明は，神が自分を支え包括する存在であるとの信念にもとづいている。「迫害したければ迫害せよ，わたしたちのおもむく先は神のみもとなのだ」。同じく『内乱論』の結びにも神は登場する。しかし，なるほど『内乱論』の神も信ずる者を支える神でありながら「『バアルの前に膝を屈しないのはわたしだけだ』。神はおまえたちに七千余の軍勢を示されるであろう」と，悪をなす者に勝利を収める神でもあるのだ。『内乱論』と『相互義務論』は表裏一体の著作でありながら，それぞれに流れるドービニェの感情は微妙に異なっている。それは『相互義務論』と『内乱論』が執筆された目的，動機，時代背景，主題などを多面的・重層的かつ綿密・入念に調査し，推測し，憶測することを要する作業であり，近年刊行された，政治的テキストを収録した『ドービニェ著作集』第2巻だけでも膨大なページ数に達しているわけだから，小著で扱いきれる問題ではない。ここでは類似のモチーフで書かれ，類似の意図を託されて世に問われた作品でもそれなりにオリジナリティを有することを確認しておこう。

　　　　　　　　　　　＊

　以上『悲愴曲』が時局的叙事詩，別言すれば壮大なパンフレ（党派的攻撃文書）であるという側面から，同時代に執筆された2,

3篇の政治論文を紹介してきた。しかし『悲愴曲』は時局的叙事詩であるばかりではない。励ましの詩でもあり慰めの詩でもあり，怒りの詩でもあり悲しみの詩でもあり，プロテスタント神学の詩でもあり諷刺の詩でもあり，地上の書でもあり天上の書でもある。そしてドービニェの残された作品も，『悲愴曲』の執筆時期と重ねても，上にあげた政治論文に尽きるわけではなく，『旧約聖書』「詩篇」を題材にして，キリスト教徒の心の持ちようを語った散文作品『詩篇瞑想』，改宗・再改宗を繰り返した宮廷貴族を相手取った諷刺作品『サンシー殿のカトリック風懺悔』，「実質」の擬人化で田園生活を楽しむエネーと「仮装」の擬人化で宮廷生活にあこがれる成り上がり貴族のフェネストの対話作品『フェネスト男爵奇譚』，近年ようやく実証的・本格的な研究書が出版された膨大な『書簡集』などは，総合的なドービニェ論を語るとき，決して忘れられるものではないが，遺憾ながら紙数に限りがある。ここでは『ドービニェ殿の冬』と題された中篇詩を紹介することで，ドービニェの晩年の詩風が『悲愴曲』に現れただけでないことを示しておきたい。

「美しいよりも空々しい浮気な気分が，

離れてゆく。わたしはその気分に語りかける。

燕よ，おまえは感じている，

暖かさが遠ざかり，寒さが訪れるのを，

他の場所へ

巣を作りにゆくがよい，厭わしいもの，

さえずりでわたしの床を，汚らわしいものでわたしの机を怒らせ
　ないように。

わたしの冬の夜を穏やかに眠るようにまかせるのだ。

太陽はこの半球から遠ざかることはなく,
放つ熱は少ないにしても,光は同じだ。
わたしは後悔なく変る,軽々しい恋愛と
その技巧を悔やむときに。
冬が好きだ,冬は,大気を疫病から
大地を蛇から解き放つように,わたしの心から悪徳を追い払う。

わたしの頭は降り積る雪の下で白くなり,
わたしに輝く太陽は凍りついた雪を暖めるが,
一番短い月にあっては,溶かすことが出来ない。
雪よ,溶けて,わたしの心の上に降りてこい,
心がかつて光を燃え上がらせたごとく,
炭火をわたしの灰でともすことは出来なくとも。

何と,わたしの消え去った生命の前に私は消えるのだろうか。
わたしの内で生き生きと神聖な炎は輝かないのか。
聖なる家の燃えさかる熱意は。
わたしは聖壇に残余のものを犠牲にささげる。
不純な火には水を,天の火にはナフサを,
不吉な燃えさしではなく,輝き神聖な松明なのだから。

今や快楽は減り,苦悩も減っている。
ナイチンゲールもシレーヌたちも黙り込み,
果実や花が摘まれるのを見ることもない。
希望はもはやあまりに多く嘘をつくものではない,
冬は幸福な老境,一切を楽しむのだ。

苦役の季節ではなく，徳の季節なのだ。

だが死は遠くない。この死には
死のない生命，偽りのない生の終りが続く。
わたしたちの生命の誕生と死の死。
だれが難破を好むがゆえに安全を憎むものか。
港より長旅を楽しむほどに
航海を好む者がいたであろうか」(「ドービニェ殿の冬」)

まとめとあとがき

　フランス宗教戦争の時代を生きた，多才な改革派文士にして戦士，アグリッパ・ドービニェの生涯と作品を駆け足で見てきた。日本ではあまり知られていないこの動乱の時代とその申し子である作家を扱ったため，くどい説明や註釈にあふれてしまったことを率直にお詫びする。

　本文中にいく度か言及した成瀬駒男訳の『児らに語る』の帯に「満身これ羽飾りの人生」という惹句がある。これも出典がある表現なのだが，それは問うまい。ドービニェの生涯は気質からしてバロック的，すなわち20世紀の文学研究家にして一時代を画した評論家レイモン・ルーセルの言葉を借りれば「孔雀と変身の神」である。青春時代の，当時の詩壇の権威ロンサールに叩きつけた挑戦状から，恋愛詩集『春』を経て，中期から晩年にかけて執筆・口述された『悲愴曲』，さらには自ら改革派運動の正史たることを願った『世界史』の刊行にいたるまで，無類の創作力に裏打ちされた，作品ごとに作風を変える，しかし「自己」というものを痛々しいまでに貫いた，あるときは一介の戦士，あるときは宮廷文化人，あるときはフランス軍少将，あるときは党派的文学者，あるときは軍事顧問の人生であり，まさしく孔雀と変身の権化であった。

　しかしその中にあって自覚としては（とくに晩年に自らの生涯を振り返ったとき）徹底して（自らの）大義に殉じた一改革派信徒であり，そのようなものとして自らの姿を後世に伝えようとした。

　このようなバロック的な自己顕示欲とそのときどきの現れ，にもかかわらず一貫した（と自らは信じている）生きざまをもった人

間が，フランスではこの時代を象徴する人物として，現代人の脚光を浴びているさまをお話ししたかった。

　この原稿は，筆者の還暦の年に書きおえた。第2次大戦後5年を経て生まれた筆者の幼少時代は，東京郊外の小学校では2部授業がおこなわれ，まだラジオで「尋ね人の時間」という日々の放送があった時代であった（みなさんのご祖父母ならご存じであろう）。テレビがはじめて家に入ったときは，全日ではなく，限られた時間のみの放送しかなかった。もちろん白黒でチャンネルを回す式のものであった。しかし忘れられないのは，何といっても，1969年度前後の大学闘争であろう。1969年は東京大学の長い歴史の中で，入学試験がおこなわれなかったゆいいつの年であり，また現在の筑波大学の前身である東京教育大学の入学試験もおこなわれなかった。といって筆者が東京大学や東京教育大学を志望していた，というつもりはないが，いずれにせよ大学入学希望者のみならず，社会的に大きな衝撃を与えた出来事であったし，筆者の年齢の者には思い出の年であったと思う。いや，ノスタルジーにひたるのはこの程度にしよう。筆者の中でさえ，この出来事はまだ総括されていないのだから。

　饒舌が過ぎた。還暦という年を無事に，あるいは苦難に満ちて，前向きに，あるいは思い出の中で，仕合わせに，あるいは辛い思いとともに，精神的なゆとりをもって，あるいは慙愧(ざんき)に耐えて迎えた同年代のみなさんすべてに，このささやかな書物を送りたいと思う。そして若い方たちには，諸君の見識にいささかでも役立つよう願いながら，多様な生涯を送った人間が，動乱の過去にも，そしてすぐそばの諸君の先輩にもいたのだということを，

あらためて嚙みしめていただきたいと切に願う。

　最後になったが，その昔，筆者が専攻をアグリッパ・ドービニェに決めたとき，偶然にも『悲愴曲』の講読を学習院大学大学院文学研究科で開講されており，筆者の参加をひそかに許してくださった，同大学名誉教授の山崎庸一郎先生，そしてそれから5年の間，授業の先達となってくださった佐藤久美子さん，橋本青吉さんには格別のお礼を申し上げたいと思う。

　2010年12月20日，八王子の寓居にて

高　橋　　薫

ドービニェの著作 (邦訳)

- 「アグリッパ・ドービニェの『春』」、「ディアーヌにささげる百頭の牡牛」の訳詩（加藤美雄訳、加藤美雄『ドービニェと二〇世紀のフランス』編集工房ノア、1999年、9-95ページ）。「ディアーヌにささげる百頭の牡牛」の抄訳。筆者の解読と異なる読みがある。
- 『児らに語る自伝　猛将プロテスタントの愛と血と詩』成瀬駒男訳、平凡社、1988年。本文中でもたびたび言及した。註や解説も含め丁寧な全訳。本書と読み比べてほしい。
- 『悲愴曲』（濱田明訳『フランス・ルネサンス文学集』全3巻、白水社より近刊予定）。『悲愴曲』の抄訳。
- 「フランス・ルネサンス名詩選　アグリッパ・ドービニェ」（『ルネサンス文学集』〔成瀬駒男訳、平凡社世界文学体系74、1964年、263-269ページ〕）。『春』の「第一のスタンス」全訳、『悲愴曲』「火刑」の抄訳、「ドービニェ殿の冬」全訳。文語調だが丁寧な訳。ただし「ドービニェ殿の冬」には誤訳が1箇所ある。

研究書・案内書

原書：*Albineana*, t.1~21.（2010年現在）

これは「アグリッパ・ドービニェ友好協会」の機関誌だが、「機関誌」というより学会誌と呼ぶのがふさわしいだろう。寄せられた論文は非常に高度で専門的である。このような雑誌が中断することなく二十余年にわたって続けて刊行されていることは奇蹟に近い。

時代背景

これについても膨大な研究書・案内書があるので、専門的に過ぎず、かつ図書館で容易に入手可能なもののみに限定する。したがって主として邦文に限る。

- アストン、M. 編『図説　ルネサンス百科事典』樺山紘一監訳、三省堂、1998年。
- エルトン、G.R.『宗教改革の時代』越智武臣訳、みすず書房、1973年。
- エルランジェ、PH.『聖バルテルミーの大虐殺』磯貝辰典編訳、白水社、1985年。

参考文献　　161

- ガクソット, P.『フランス人の歴史 2 ルネサンスからルイ十四世まで』内海利朗訳, みすず書房, 1973年。
- カメン, H.『寛容思想の系譜』成瀬治訳, 平凡社, 1970年。
- ストフェール, R.『宗教改革』磯見訳, 白水社（文庫クセジュ）, 1970年。
- ソーニエ, V.L.『フランス16世紀文学』二宮他訳, 白水社（文庫クセジュ）, 1958年。
- ドレスデン, S.『ルネサンス精神史』高田勇訳, 平凡社, 1970年。
- バーギン, T.・スピーク, J. 編『ルネサンス百科事典』別宮貞徳訳, 原書房, 1995年。
- ヘイル, J.R. 編『イタリア・ルネサンス事典』中森義宗監訳, 東信堂, 2003年。
- リヴェ, G.『宗教戦争』二宮宏之訳, 白水社（文庫クセジュ）, 1968年。
- 『渡辺一夫著作集（第2次）』第1-5巻および第13-14巻, 筑摩書房。『著作集』から漏れているが, 渡辺一夫の学位論文『François Rabelais 研究序説――*Pantagruel* 異本文考』（岩波書店）も忘れるわけにはいかない。

欧　文

欧文については無尽蔵にあるので, 次の1冊だけをあげておく。

- *Encyclopedia of the Renaissance*, ed. Paul F. Grendler, 6 vols., Charles Scribner's Sons, 1999.

その他

その他, 本論で取り上げた論考の出典は以下のとおり。

- イェイツ, F.『ヴァロワ・タピスリーの謎』藤井康生他訳, 平凡社, 1989年。
- イェイツ, F.『十六世紀フランスのアカデミー』高田勇訳, 平凡社, 1996年。
- 『聖書　引照つき』日本聖書協会, 1979年。
- フロイト, S.『続精神分析入門』古沢平作訳, 日本教文館, 1969年。
- フロム, E.「権威と家族」,『権威と家族』安田一郎訳, 青土社, 1977年。
- ラプランシュ＝ポンタリス編『精神分析用語辞典』村上仁監訳, みすず

書房，1977年。
- レオン=デュフール編『聖書思想事典』イエール他訳，三省堂，1973年。
- C. Delmas, *Le Ballet Comique de la Reine* (1581), in *La Revue d'Histoire du Théâtre*, 1970.
- Polybe, *Histoires (Livres III)*, texte établi et traduit par J. de Foucault, Les Belles Lettres, 1971.
- Tite-Live, *Histoire Romaine, XXI*, in *Historiens Romains: Tite-Live, Salluste*, traduit par G.Walter, Gallimard, 1968.

中央大学「125ライブラリー」 刊行のことば

1885年に英吉利(イギリス)法律学校として創設された中央大学は2010年に創立125周年を迎えました。これを記念して，中央大学から社会に発信する記念事業の一環として，「125ライブラリー」を刊行することとなりました。

中央大学の建学の精神は「実地応用の素を養う」という「実学」にあります。「実学」とは，社会のおかしいことは"おかしい"と感じる感性を持ち，そのような社会の課題に対して応える叡智を涵養(かんよう)するということだと理解しております。

「125ライブラリー」は，こうした建学の精神のもとに，中央大学の教職員や卒業生などが主な書き手となって，広く一般の方々に読んでいただける本を順次刊行していくことを目的としています。

21世紀の社会では，地球環境の破壊，社会的格差の拡大，平和や人権の問題，異文化の相互理解と推進など，多くの課題がますます複雑なものになっています。こうした課題に応える叡智を養うために「125ライブラリー」が役立つことを願っています。

中央大学学長　永井和之

高橋　薫（たかはし　かおる）

中央大学法学部教授。1950年東京に生まれる。
埼玉大学教養学部フランス文化コース卒業，東京教育大学
大学院文学研究科修士課程（フランス文学専攻）修了，
筑波大学大学院文芸・言語研究科博士課程（各国文学専攻）
単位取得退学。
駒澤大学外国語学部教授をへて，1996年より現職。
専攻はフランス16世紀。
著書に『言葉の現場へ──フランス16世紀における知の中層』
（中央大学出版部），『歴史の可能性に向けて──フランス宗教戦
争期における歴史記述の問題』（水声社），
訳書にリュシアン・フェーヴル『ラブレーの宗教──16世紀にお
ける不信仰の問題』（法政大学出版局。2003年日本翻訳家協会翻訳
特別賞受賞）などがある。

125ライブラリー　001

改革派詩人が見た フランス宗教戦争
アグリッパ・ドービニェの生涯と詩作

2011年3月31日　初版第1刷発行

著者	高橋　薫
発行者	玉造竹彦
編集	125ライブラリー出版編集委員会
発行所	中央大学出版部 東京都八王子市東中野742-1　〒192-0393 電話　042-674-2351　FAX 042-674-2354 http://www2.chuo-u.ac.jp/up/
装幀	松田行正
印刷・製本	藤原印刷株式会社

©Kaoru Takahashi, 2011 Printed in Japan
ISBN978-4-8057-2700-3

本書の無断複写は，著作権上での例外を除き禁じられています。
本書を複写される場合は，その都度当発行所の許諾を得てください。